옆사람

열린책들 한국 문학 소설선

옆사람
고수경

차례

새싹 보호법

지우가 사라졌을 때 강은 완두콩을 수확하려던 중이었다. 학생들이 기숙사 혹은 집으로 하교한 목요일 오후 다섯 시, 실업 고등학교 초임 교사 세 명은 동아리 방 테이블에 둘러앉았다. 학교 별관의 동아리방은 원목 테이블과 패브릭 소파, 책이 대중없이 꽂힌 책장까지 언뜻 보면 작은 집의 거실처럼 보였다. 교사 대부분이 관사에서 생활하는 섬에는 이런 장소가 필요했다. 이 시국에는 특히나.

바이러스가 섬 내에까지 퍼지기 시작한 지 한 달째였다. 이번 주 교무 회의에서 교감은 외출도 꼭 필요할 때만 하라고 단단히 일렀다. 교감과 비슷한 연배의 중년 교사들은 개의치 않는 듯하지만 젊은 교사들은 눈치를 봐야 했다. 얼마 전까지 강당에서 배드민턴을 치다가 최근 들어 동아리방에 있던 보드게임 보난자에 재미를 붙였다. 게임이 시작되면 콩밭 그림을 두 개씩 분배받고 그 위에 콩이 그려진 카드를 종류별로 모았다. 때때로 콩 카드를 거두고 수확해 금화로 바꾸어서 가장 많은 금화를 얻는 사람이 이기는 게임이었다.

「쌤, 그 완두콩 지금 수확 못 해요.」

강의 맞은편에 앉은 현이 지적했다. 강이 자신의 콩밭에 얹어서 심어 놓은 완두콩 카드를 들었을 때였다.

「완두콩은 하나밖에 없잖아요. 두 장 이상 있는 콩부터 수확할 수 있어요.」

이걸 먼저 수확해야 한다고, 송이 강의 강낭콩 카드 두 장을 가리켰다. 강낭콩은 두 장을 모두 수확해도 금화 가치가 낮았다. 고민하던 강이 조심스럽게 물었다.

「미안한데, 콩이 하나인 밭은 왜 수확 못 한다고 했죠?」

강은 현보다는 세 살, 가장 어린 송보다는 여섯 살이 많았다. 그중에서는 강만이 유일한 기혼자이기도 했다. 이전에는 자신이 그들에게 뭔가를 알려 주고 가르쳐 줘야 한다고 생각했다. 그러나 강이 알았던 건 그들도 금방 배웠고 새로운 건 더 빨리 익혔다. 이제 서른다섯인데 이십 대 후반에서 삼십 대 초반 사이의 교사들보다 뒤처지는 것 같았다. 중년 교사들만큼의 연륜도 없으면서 같은 초년 교사들처럼 빠릿빠릿하지도 못했다. 언젠가부터 강은 종종 그들을 멈춰 세우고 도움을 구해야만 했다. 그럴 때, 특히 같은 질문을 다시 할 때는 꼭 미안한데, 라는 말을 붙여 썼다.

「그냥 룰이 그래요. 그래야 더 어려워져서 재밌어지는 거죠.」

「이렇게 생각하세요. 콩이 한 장만 있는 밭은 너무 약한 거예요. 그래서 새싹인 거고, 새싹은 보호해야 한다고.」

현의 설명에 송이 덧붙였다. 자신이 맡은 일 학년 이 반 아이들에게 말하듯이 차근차근. 송은 삼 개월 전 처음으로 발령받아 내려온 신입 교사였다. 강은 작년에 왔고 그때는 송처럼 이곳의 원리를 하나하나 알려고 애썼다. 왜 학교에 학생용 흡연실이 있는지, 왜 이 교무실은 막 발령받은 교사들과 좌천되었거나 명예퇴직 직전에 쉬러 내려온 중년 교사들로 나뉘는지. 왜 교무실에서나 관사에서나 몇몇 교사가 모든 일을 도맡게 되는지.

일 년이 지난 지금은 임용 동기인 현처럼 설명해 주는 쪽이 더 편해졌다. 이해는 안 되어도 룰이 그렇다, 하고 외우는 게 더 빨랐다. 강은 고개를 끄덕이며 이름도 외우지 못한 규칙을 머릿속에 입력했다. 이유나 원리는 알 수 없지만 콩이 한 장만 있는 밭은 수확하지 않는다.

강이 강낭콩 카드 두 장을 집어 들었을 때 휴대폰이 울렸다.

*

지우는 모레 자정까지 집에 있어야 했다. 정확히 말하자면 할아버지와 사는 방 세 개짜리 단층 주택의 작은 방에만. 지난 열흘 하고도 이틀 동안 지우는 그 방에 있었다. 끼니때가 되면 할아버지가 문 앞에 둔 쟁반을 가지고 들어가 식사한 뒤 빈 쟁반을 문 앞에 두었다. 화장실을 갈 때조차 할아버지, 나 화장실 간다, 방에서 나오지 마, 일러두고 대답을 듣고서야 방을 나왔다고 지우의 할아버지는 강에게 말해 주었다. 일이 학년 생활 기록부에 적혀 있던 그대로였다. 책임감 있고 성실하며 모범이 되는 학생. 강이 담임을 맡은 삼 학년 이반에서 그런 학생은, 특히나 남학생은 민지우뿐이었다. 두 주 전 금요일에 지우는 할아버지에게도 알리지 않고 혼자서 육지에 다녀왔다. 그리고 이 섬의 첫 번째 미성년자 확진자가 되었다.

오늘 오후 귀가한 할아버지는 아침에 두고 간 식사가 그대로 있는 문 앞에서 한참을 지우야, 지우야, 불렀다고 했다. 지우가 내내 했던 말 때문이었다. 내가 대답이 없어도 절대 들어오면 안 돼. 자고 있거나 음악을 듣고 있을 수도 있잖아. 할아버지는 이 병에 걸리면 너무 위험해. 그러다 할아버지는 불현듯 현관으로 돌아가 보았다.

신발이 없어서 알았어. 손주가 없어진 거를…… 방은 못 들어가 보고 신발장을 보고 알았어.

전화를 끊기 전에 할아버지는 그렇게 중얼거렸다.

동아리방을 나와 주차장으로 가면서 강은 진동이 울리는 휴대폰을 꺼냈다. 남편에게서 온 전화를 거절하고 정윤아에게 전화를 걸었다. 윤아는 교실에서 주로 혼자 있는 지우와 가까운 몇 안 되는 친구였다. 학기 초에는 너희 사귀냐, 하고 놀리는 아이들도 있었는데 윤아도 지우도 별생각이 없어 보였다. 반응이 없으니 아이들도 금방 김이 샜다. 오히려 지우에게 이러쿵저러쿵 말을 던진 건 교사들이었다. 인마, 저기 친구들 축구하는데 같이 좀 해라. 사내자식이 땀도 흘리고 해야지. 근처에 있던 강은 요즘 세상엔 그런 말씀하시면 안 돼요, 하고 끼어들었다. 평소에는 그러지 않지만 사회 문화를 가르치면서 이럴 때 가만히 있는 건 아이들에게도 우스워 보일 것 같았다. 그때 지우와 눈이 마주쳤고 지우가 미세하게 고개를 숙였다.

윤아는 한참 만에 전화를 받고는 놀라서 대답했다. 지우가 갈 만한 데요? 저희는 카페나 노래방만 가는데요. 그런 곳도 요즘에는 거의 안 다녔고요. 그냥 집에서 놀았어요. 강은 잠깐 멈칫했다. 너희 둘이 그렇게 논다고? 네. 왜요? 자신이 왜 그런 질문을 했는지 잘 모르는 채로 강은 윤아에게 데리러 가겠다고 말했다.

짧은 교직 생활에서 배운 게 하나 있다면 큰일은 최대한 빨리 다른 쪽으로 넘기는 것이었다. 교감에게 전화해 상황을 보고하자 교감은 아이 정말, 하고는 한숨을 내쉬었다.

—이것 참 골치 아프게 됐네.

지우가 확진되었을 때도 교감은 그렇게 말했는데 실제로 그렇지는 않았다. 그때는 교감도 강도 따로 할 일이 없었다. 금요일 학교를 마치고 육지에 다녀온 지우는 일요일 저녁에 확진 소식을 알리고 자가 격리에 들어갔으니까. 학교는 그대로 대면 수업을 진행했고 달라진 건 지우가 등교하지 않은 것뿐이었다.

이번에는 달랐다. 지우를 찾지 못하는 시간만큼 그들은 정말로 골치가 아파질 수도 있었다. 강은 내비게이션이 안내하는 방향으로 핸들을 돌렸다. 왜 집을 나간 거지? 어딜 간 거지? 아니, 그전에 육지에는 왜 갔던 거지? 정작 지우가 확진되었을 때는 하지 않은 생각이었다. 강은 차선을 자주 바꾸며 속도를 높였다. 5시 30분. 시간을 확인하자 더 초조했다.

윤아네 아파트 단지 앞에 차를 세워 놓고 기다리는 동안 남편에게서 다시 전화가 걸려 왔다. 강은 입구 너머를 살피다가 전화를 받았다.

—퇴근했어? 내일 집에 오지?

남편이 물었고 강은 한숨을 쉬며 대답했다.

「미안. 일이 생겼어.」

—무슨 일? 이번 주말에 숙제해야 하잖아.

「지금 좀 비상사태라. 못 갈지도 몰라.」

― 또? 그 학교는 무슨 일이 그렇게 많아? 이래서 아이는 언제 가지냐.

「다음 주에 갈게. 나 이제 끊어야겠다.」

강은 전화를 끊고 에어비앤비 앱을 켰다. 전날에는 예약이 안 되는 날도 있었던 걸 생각하면 서둘러야 했다. 예약을 마치고 차창 너머의 윤아를 발견해 클랙슨을 울렸다. 윤아는 후드 티에 청바지를 입고 마스크를 쓴 채 종종걸음으로 뛰어왔다. 아파트 단지 안쪽이 아닌 반대편에서 나와서 도로를 건너와 차에 탔다. 안전벨트를 매는 윤아에게 강은 의아하게 물었다.

「너 집에 있던 거 아니었니?」

「삼촌 집에 있었어요. 이 근처예요.」

「아버지 가셨어?」

「다음 주에나 와요.」

윤아의 아버지는 육지를 오가며 사업을 했는데 한번 육지에 나가면 일주일까지 집을 비웠다. 그 기간에 윤아는 삼촌 혹은 할머니네 집, 같은 반 친구 집까지 돌아다니곤 했다. 지우네 집에서도 자주 지냈고 한밤중에 시내를 돌아다니다 교사들과 마주친 적도 많다고 들었다. 강은 윤아가 지우와 시내를 모두 잘 아는 아이일 거라고 판단했다.

이 섬에서 시내는 학교 근방의 사거리였는데, 그곳에 편의 시설 대부분이 몰려 있었다. 오래된 떡볶이집과 프랜차이즈 햄버거집, 저가형 커피를 파는 카페, 골목 안쪽의 지하 노래방. 한 시간쯤 돌아다닌 끝에 그들은 갈 곳이 없어졌다. 그건 이 정도가 지우가 섬 안에서 다닐 수 있는 곳의 전부라는 의미이기도 했다. 노래방 길목에 댄 차 안에서 윤아가 말했다.

「안 다닌 지 꽤 됐다니까요.」

「정말이야? 다른 애들은 잘 다니던데.」

이 시국에도 아이들은 학교 수업을 땡땡이치고 놀러 다녔다. 학교에 오고 싶지 않은 아이들이 갈 만한 곳은 대체로 빤한 법이었다. 어두컴컴한 피시방 구석자리에서 컵라면을 먹으며 게임하는 아이를 발견할 때는 우습기도 했다. 책상에서 도망친 곳이 책상이라는 생각에. 강은 못 본 지 일주일이 넘은 지우를 떠올려 보았다. 숱이 많은 곱슬머리, 얌전하게 내리깐 눈. 마스크가 얼굴의 반을 가려서일까, 목소리가 더 선명하게 기억났다. 선생님, 이거 떼도 돼요?

창밖으로 노을이 지고 있었다. 강은 휴대폰을 꺼내서 전화를 걸었다.

—네, 선생님.

긴 신호음 끝에 조용히 낮춘 목소리가 들려왔다. 옆에서 윤아가 팔짱을 끼고 등받이에 등을 기댔다.

「안녕하세요, 지우 어머님. 혹시 지우와 함께 계신가요?」

─지우요? 지금 자가 격리하고 있지 않나요?

「네, 그런데 집에서 없어졌다고 하네요. 갈 만한 곳을 찾아보다가 연락드렸습니다.」

─아이가, 없어졌다고요? 그러면.

지우의 어머니는 당황해하며 말을 더듬었다.

─그러면 또 여기로 오고 있을 수도 있을까요?

「거기까진 아직 알 수 없고요, 혹시 지우가 연락드린 게 있는지…….」

─어젯밤에 전화가 오긴 했는데 받지는 못했어요. 그래도 이전에 잘 얘기했다고 생각했거든요. 저, 여기에 오면 어떻게 해야 할까요? 애 아빠도 몸이 안 좋고, 집에 어린애들이 있어서요.」

강은 지우가 거기까지 가지는 않았을 거라고 안심시켰다. 정말 그럴까요? 재차 묻는 말에는 다른 말로 대답했다.

「제가 꼭 찾아서 연락드리겠습니다. 섬을 벗어나지는 못했을 거예요.」

이것만은 확실했다. 지우가 어떤 아이라고 믿어서가 아니었다. 지우의 어머니가 차로 지우를 데려간게 아니라면, 섬을 나가는 버스를 타기 위해서는 큐알 코드가 있어야만 하니까. 그리고 보니 조금 전 돌아다닌 카페, 식당, 노래방 모두 큐알 코드 없이는 들어갈 수 없었다. 여태까지 지우가 갈 수도 없는 곳을 돌아다녔다는 사실을 그제야 깨달았다.

—고맙습니다, 선생님. 잘 좀 부탁드립니다.

지우의 어머니가 거듭 간청했다.

전화를 끊은 뒤 차 안에는 정적이 흘렀다. 강은 휴대폰으로 112를 눌렀다. 통화 버튼을 누르기 직전에 윤아가 제동을 걸었다.

「잠깐만요, 경찰에 신고하시려고요?」

「원래 미성년자가 사라지면 신고해야 해. 만 하루가 지나지는 않았지만 지우는 확진자니까.」

「신고하면 어떻게 되는데요?」

「경찰이 지우를 찾으러 다니겠지. 급한 사안이라 섬 전체에 공지가 떨어질 수도 있고.」

「그러면 지우는 어떻게 돼요?」

글쎄, 지우는 어떻게 될까. 강도 이런 일은 처음이었다. 자가 격리가 끝나기 전에 돌아다닌 확진자가 어

떻게 되는지 아는 바가 없었다. 미성년자라 참작되긴
하겠지만 벌금을 내야 할 수도 있고 인구 삼 만 명의
섬 내에서 비난을 받을지도 몰랐다. 그러나 지금은 지
우가 발견된 뒤에 어떻게 되느냐보다 이대로 발견되
지 않는 게 더 큰 문제였다.

「너 지우가 다니는 곳 정말 다 말했니?」

강은 다시 물었다. 윤아가 머뭇거리다 입을 열었다.

「한 군데 더 있어요.」

*

이 학교는 강의 첫 근무지였다. 오랜 수험 생활 끝
에 임용 고시에 합격한 직후 결혼했고 신혼집에 짐을
풀기도 전에 섬에 발령받아 내려왔다. 평일에는 학교
의 관사에서, 주말에는 신혼집에서 지낸 지 일 년 삼
개월, 난임 병원에 다닌 지는 그 절반이었다. 임신하
기 좋은 날짜를 받아 숙제를 해온 것도. 주말부부 생
활을 하는 탓에 숙제하는 날을 맞추기는 쉽지 않다.
집들이할 때 남편 친구 중 하나는 결혼하자마자 두 집
살림하느냐고 농담한 적도 있었다. 강은 관사는 집이
아니죠, 라고 대꾸했다.

관사는 공용 거실과 주방에 방이 두 개 딸린 빌라형 구조였다. 하나는 정년을 앞둔 육십 대 최 선생이 혼자 썼고 다른 하나를 사십 대 박 선생과 강이 같이 썼다. 최 선생은 귀가하면 방에 들어가 나오지 않았지만 같은 방을 쓰는 박 선생이 이것저것 알려 주었다. 요주의 아이들을 짚어 준 것도 박 선생이었다. 심심하면 모텔을 대실해서 술판을 벌이는 아이들. 강이 맡은 아이들은 기껏해야 피시방 혹은 만화방이나 가서 시간을 죽였다. 강은 그걸 다행이라고 여겨 왔다. 신분증을 훔쳐서 모텔에 가는 아이들을 맡지 않아서 다행이라고. 강의 바람 중 하나는 그런 아이들을 잡으러 모텔에 가는 일 없이 이 학교를, 이 섬을 벗어나는 일이었다. 그런 아이들은 육지에도 있기 마련인데도.

「그러고 싶을 때가 있단 말이에요. 저희끼리만 있고 싶을 때.」

윤아는 차창에 머리를 기댄 채 웅얼거렸다.

「너희 집도 있잖아. 아버지도 안 계시는 날도 많은데.」

「그러다 갑자기 오기도 한단 말이에요.」

「아버진데 갑자기 오시면 어때.」

「아빠는 지우 안 좋아해요. 그래서 언제 올지 모를 땐 지우 못 데려와요.」

「그렇다고 모텔을 가는 게 말이 되니?」

강은 자신도 모르게 언성을 높였다. 버스만 타고 나가면 바닷가가 지천으로 널려 있는데. 바다에는 강도 교사들과 이따금 가곤 했다. 강당에서 배드민턴을 칠 수 있을 때, 현이 확진되기 전까지는. 현은 완치 후에도 호흡과 체력을 회복하지 못했다. 정은 백신 접종 이후 배드민턴채를 들고 코트를 뛰어다니는 것조차 힘들어졌다고 털어놓았다. 이제 그들은 남는 시간에 테이블에 둘러앉아 콩을 심었다. 밭을 그린 그림 위에 콩을 그린 카드를 두었다가 집어 들고 이 콩은 몇 장이 모이면 금화가 몇 개인지 계산했다. 학생들이 없는 동아리방에서. 방과 후 동아리 활동이 모두 없어진 덕이었다. 이 보드게임을 두고 간 것도 동아리 활동을 하던 학생이었을 것이다. 한숨을 쉬는 만큼 마스크에 갇힌 숨이 하관을 뒤덮었다.

「너희 친구인 거 알아. 그래도 지우는 남자애야. 너 정신이 있니?」

「지우는 괜찮아요, 선생님.」

「지우가 착한 애인 거 선생님도 안다고. 그런 문제

가 아니야.」

「착해서가 아니라요. 지우는 같이 있어도 되는 애예요. 그냥 남자애랑 모텔을 간 게 아니라고요.」

「너희가 어떻든 남들 눈엔 그렇게 보여. 애초에 너희는 왜 친한 거니?」

윤아가 고개를 들고 강을 쳐다보았다. 그러니까 내 말은, 하고 덧붙이기도 전에 대답했다.

「친구니까요.」

강은 고개를 돌리고 정면을 보았다. 시동을 켠 뒤 내비게이션을 가리켰다.

「너희들이 가던 모텔 찍어.」

「여기 뒷골목이에요.」

윤아가 창밖을 가리켰다. 강은 주변을 둘러보며 물었다.

「여기?」

이곳은 안쪽 골목이지만 여기서 한 블록만 나가면 식당과 마트, 은행이 몰려 있는 시내였다. 학교에서는 도보로 십 분도 걸리지 않고 교사들끼리도 자주 다니는 곳. 어쩌다 학생을 마주치면 짓궂게 놀리기도 하는, 학교 근처의 어디에나 있을 법한 번화가. 강은 차에서 내렸다. 윤아가 안내하는 더 뒷골목으로 들어서자 길이 확 비좁아졌다. 낡은 건물들이 촘촘히 늘어서 있어서 길에 햇빛이 들지 않았다. 더 안쪽에는 짙은 분홍색 비닐로 유리창을 두른 다방도 보였다. 색색의 간판이 달린 모텔촌 사이에서 강은 미간을 찌푸리며 물었다.

「여길 너희끼리 왔어?」

「저희만 그런 거 아니에요. 다 그래요.」

「교복을 입고 이런 데를 온다고?」

「저기 옷 갈아입는 곳이 있어요.」

모텔촌의 초입에는 사 층짜리, 여기서는 비교적 큰 건물이 있었다. 이 건물이 너무 높아서 그 뒤에 다닥다닥 붙은 모텔촌으로는 빛이 들지 않는 듯했다. 일층의 약국 옆 입구로 들어가 건물 공용 화장실에서 교복을 사복으로 갈아입고 화장을 하고 나온다고 했다.

화장실을 같이 들어갔단 말이야? 강은 그렇게 물을 뻔했다. 화장실이 공용이라면 그럴 수 있는 일인데도 왜인지 꺼림칙하게 느껴졌다. 지우와 윤아가 학교 밖에서도 둘이서 자주 만난다는 말을 들었을 때처럼. 지우와 윤아가 어떻든 〈그렇게〉 보는 사람들에는 강도 포함되었다. 방점은 지우가 〈어떤지〉였는데 강은 그만큼 지우에 대해 깊이 생각하지 않았으니까.

강은 건들거리고 껄렁한 남학생들은 어떻게 다뤄야 할지 알았다. 급식 시간에도 운동장에 나가지 않고 교실에서 혼자 엎드려 있거나 여학생들과 조용히 대화하는 남학생이 되레 더 어려웠다. 지우에게 훈수를 놓던 교사에게 끼어든 날 이후 며칠 동안에는 그나마 더 가까운 것 같았는데. 한번은 쉬는 시간에 복도에서 만난 지우가 강의 어깨에 붙은 머리카락을 떼어 주기도 했다. 그 전에 그래도 되는지 의향을 먼저 물어서 강은 더 놀랐다. 지우는 이래서 여자애들이랑 잘 노는구나, 칭찬했는데 지우는 인사하고 교실로 들어가 버렸다.

입구의 복도에서부터 빨래가 덜 마른 퀴퀴한 냄새가 났다. 오래 묵은 카펫 냄새인 것 같기도 했다. 비좁고 어두운 카운터 안쪽에 앉아 있던 노인이 느릿느릿 마스크를 썼다.

「대실?」

「아뇨, 학생 하나를 찾으러 왔는데요. 이 친구랑 왔던 학생 아시죠?」

강이 윤아의 팔뚝을 잡아 옆에 세웠다. 노인은 눈을 가늘게 뜨고 윤아를 뜯어보았다. 그러더니 제 마스크를 툭툭 두드리며 말했다.

「요새는 다들 이걸 쓰고 다니니, 어디 눈만 보고 누가 누군지 알겠나.」

「학생이잖아요. 여기 오는 사람 중에 학생은 몇 안 될 거 아니에요.」

「내 눈에는 다 똑같어, 이쪽이나 그쪽이나. 다들 애들이지.」

노인이 윤아와 강을 차례로 턱짓했다. 강은 힐끔 눈치를 보는 윤아와 눈이 마주쳤다. 컴컴한 조명 아래서도 피부의 흰 솜털이 한 올 한 올 보였다. 강도 교무실에서는 젊은 축에 속했다. 교감이나 교무부장은 텀블러를 들고 오는 강에게 자주 농담을 건넸다. 젊네, 젊어, 교복만 입으면 애들인 줄 알겠네. 그러면 강은 그런가요, 하면서 능청스럽게 웃었다. 그러다 진짜 교복을 입은 아이들이 선생님 안녕하세요, 인사하고 지나간 뒤에는 괜히 머쓱했다.

「신분증 검사는 왜 안 하세요? 다 애들처럼 보이면 다 신분증 검사하셔야죠. 애들은 이런 데 오면 안 되잖아요.」

강은 카운터에 얼굴을 들이밀고 물었다.

「안 되지. 그런데 갈 데가 있으면 이런 델 오겠어?」

「아무리 그래도요.」

「갈 데가 없어서 오는 거를 못 오게 하면 그 애들은 어디로 가라는 거여.」

「사장님, 정말 그런 마음으로 들여보내는 거 아니시잖아요.」

「나 사장 아니여.」

노인이 고개를 절레절레 저었다.

「이따 와서 여기 사장한테 따져, 나는 사장이 하라는 대로 하는 거여.」

그러고는 휴지를 뽑은 뒤 그들을 등지고 돌아앉았다. 노인의 체구보다 훨씬 큰 등받이 너머에서 잔기침 소리가 났다. 강은 기침이 멎기를 기다렸다가 물었다.

「혼자 온 애는 없는 거죠?」

「지금은 없지.」

마스크를 쓰고 돌아앉은 노인이 말했다. 그새 얼굴이 붉어진 채 젖은 휴지를 쓰레기통에 버렸다.

「지금은 없다고요?」

「근데 혼자 오는 애는 항상 있지.」

습해서인지 마스크가 답답했다. 이제 더 갈 곳이 있을까? 남은 곳이 있나? 강은 숨을 고르고는 목소리를 가다듬었다.

「사장님, 저 안쪽 복도까지만 들어가 봐도 될까요? 학생을 찾아야 해요. 못 찾으면 큰일이 될 수도 있거든요.」

「학생을 못 찾으면 당연히 큰일이겠지. 키 없이 들여보내서 뭔 일 나면 나도 큰일이여. 들어가야 하면 대실을 하든가.」

강은 이 만 원을 결제했다. 큐알 코드를 찍는 동안 윤아는 한 발짝 물러서 있다가 엘리베이터 쪽으로 걸어갔다. 잠깐, 너 큐알 찍어야지. 강이 말했지만 윤아는 멈칫하고는 고개를 흔들었다. 노인도 말없이 열쇠를 건넸다.

*

방이 일렬로 늘어선 복도는 창문이 없이 짙고 컴컴했다. 문과 벽, 바닥이 하나로 보여 잠깐 어지러웠다. 방문이라도 두드려 볼 생각으로 올라갔으나 가까이 다가가면 불쾌한 소리가 문 너머로 고스란히 들렸다. 새삼 놀라서 돌아보자 윤아가 되레 강을 잡아끌며 말했다. 그거 들으면 사생활 침해예요.

대실한 방에 들어와서도 옆방의 소리가 희미하게

28

들려왔다. 윤아는 방에 들어서자마자 휴대폰으로 케이팝을 틀고 볼륨을 키웠다. 입실하면 가장 먼저 하는 일이라고 했다. 그다음으로는 진분홍색의 커튼을 쳐서 창문을 가렸다.

그사이 강은 입구에 그대로 서서 방을 보았다. 둘러보았다고도 할 수 없을 만큼 작은, 더블 침대 하나가 버거운 듯한 공간이었다. 침대 쪽 벽에는 이름 모를 꽃과 잎이 대중없이 그려져 있었고 그 옆 창가에 녹이 슨 철제 의자와 유리 테이블, 미니 냉장고가 차례대로 입구까지 늘어서 있었다. 화장실은 불투명한 필름으로 마감해 안이 희끄무레하게 비쳤다.

「그래서, 지우는 여기서 뭘 했니?」

강은 베개 두 개가 나란히 놓인 침대에도, 창가의 의자에도 앉지 못하고 선 채로 물었다. 음악 때문에 목청을 더 높여야 했다. 윤아는 침대에 걸터앉아서 대답했다.

「걔는 유튜브 봐요.」

「무슨 유튜브를 보는데?」

「자취 브이로그나 독립 일기, 뭐 그런 거요.」

「혹시 혼자 살고 싶어서 가출한 거야?」

윤아가 고개를 젓고는 머뭇거리다 말했다.

「할아버지가 아프셔서 엄마한테 몇 번 갔는데요. 지지난주에 갔을 땐 엄마가 이제 오지 말라고 했대요. 그러니까 이제 할아버지 가시면 혼자 어떻게 사는지 공부한다고 맨날 그런 거 봐요.」

방 안에는 빠른 비트를 탄 남자 아이돌의 랩이 울렸다. 윤아는 이불을 만지작거리며 농담했다. 그런데 부모들이 다 도와주는 자취 브이로그만 본다고, 그러면 무슨 소용이냐고.

강의 수험 생활이 길어지는 동안 가족 제도는 사회 문화 교육 과정에서 제외되었지만 그 자리를 1인 가구가 대체한 것도 아니었다. 이제는 저출생, 고령화 사회와 성평등 문제를 다루었다. 강은 수업 시간에 결혼하고 싶은 사람, 하고 싶지 않은 사람을 차례로 손을 들게 하고 이유를 물었다. 하고 싶지 않은 사람이 훨씬 많았고 이유는 다양했다. 〈그냥〉이라고 대답한 학생도 있었다. 이유를 말하지 않은 학생은 지우밖에 없었다. 그냥이라고 해도 된다고 말했는데 그마저도 하지 않았다. 강은 가슴께를 두드렸다. 뭔가 얹힌 것처럼 무거웠다.

「그러니까 왜 그걸 여기서 보냔 말이야. 그냥 좀, 있어야 하는 곳에 있으면 안 되니?」

윤아는 대답 없이 강을 바라보았다. 마스크를 쓰면서는 유독 눈을 들여다보게 되었는데, 가끔 강은 이런 게 불편했다. 윤아가 강의 눈을 똑바로 보고 말했다.

「저희 나쁜 일 한 적 없어요.」

「너희가 그럴까 봐 걱정하는 게 아니야. 이런 곳에 어떤 사람들이 오는지 아니? 무슨 일이 일어나는지 알아?」

「저희한테는 아무 일도 없었다고요.」

윤아야, 너희에게는 일이 이미 일어난 거야. 그동안 아무 일도 없었던 게 아닌 거야. 강은 그렇게 말하고 싶었다. 그러면 윤아는 뭐라고 대답할까? 강은 그 말을 뭐라고 설명해 줘야 할까? 설명하면 윤아는 모두 이해할까? 이런 일들을 제대로 이해하지 못한 쪽은 강도 마찬가지였다. 정적 속에서 강은 한숨을 쉬고 침대 쪽으로 걸어갔다. 오래 서 있느라 다리가 저려 와 절뚝거렸다. 윤아의 옆에 걸터앉아 물었다.

「지우는 유튜브를 보고. 넌 뭘 하니?」

어조가 한결 부드럽게 바뀌어서인지 윤아는 어색하게 마스크를 긁었다. 자세를 고쳐 앉으며 헛기침을 하고 입을 열었다.

「전 주로 다꾸해요.」

「다이어리를 써?」

「쓰는 건 금방 질려요. 맨날 다 똑같잖아요. 학교도 똑같고, 집도 똑같고, 이 동네도요. 다꾸는 언제든 바꿀 수 있거든요. 인스나 마테를 바꿔서 꾸미면 되니까.」

강은 인스나 마테가 무엇인지 몰랐다. 왜 그걸 여기서 해야만 하는지 아직도 이해할 수 없었다. 그러나 또 한번 그렇게 말하지는 못했다.

여기는 원래 그런 데야. 같은 방을 쓰는 박 선생이 자주 하는 말이었다. 하루이틀 걸러서 가출하는 학생들, 찾으면 연락 달라는 학부모들을 얘기할 때도 그 말을 했다. 강이 관사에 입주하자마자 가사를 전담시킬 때도.

처음에 강은 박 선생이 틀렸다고 생각했다. 원래 그런 건 없다고. 지금은 어쩌면 모든 게 원래 그런 걸지도 모른다는 생각을 하면서 교사들의 양말을 개고 푸념을 들어주고 화장실 청소를 한다. 집에 돌아가면 평일 동안 쌓여 있던 빨랫감과 설거짓거리를 해치우고 다 떨어진 휴지와 생수와 밀키트를 사서 채워 넣는다. 이 일이 강에게는 진짜 숙제였다. 다른 숙제를 그만두고 싶어지면 누군가 말했다. 남편은 다 그런 거고 부부 생활도 원래 그런 거란다. 네가 공부만 오래

해서 모르는 거야. 시부모는 물론 부모도 그랬다.

아무것도 하고 싶지 않은 날에는 관사에도 집에도 가지 않았다. 남편에게는 학교에, 박 선생에게는 집에 일이 생겼다고 둘러대고 섬 내의 에어비앤비에 체크인했다. 학교와 멀리 떨어진 리조트 근처의 원룸에서 강은 밀린 잠을 자고 일인분의 요리를 하고 일인분의 설거지를 했다. 체크아웃 직전에는 준비를 마치고 창밖을 내다보았다. 길고양이들이 지나다니고 노인들이 벤치에 앉아 부채질하는 길목을 보며 중얼거렸다. 어차피 다 똑같아. 어디든 비슷할 거야. 나는 이런 곳 하나만 있으면 돼.

지우와 윤아에게는 이곳이 세 시간짜리 에어비앤비였던 거라고, 이제야 강은 생각했다. 바꿀 수 없는 것들을 피해 숨을 수 있는 방 한 칸. 그중에는 모텔이 아닌 곳도 한 군데는 있었다. 강은 거기서 본 지우의 뒷모습을 기억했다.

*

모텔을 나오니 어둑한 저녁이었다. 강은 차에 타서 보건소에 신고했다. 보건소 측에서도 이런 일은 처음인 모양이었다. 여기저기 문의하고 다시 연락해 온 보건소 직원은 경찰에 소재 파악을 요청하라고 했다. 연락은 시도했는지, 갈 만한 곳은 찾아봤는지 따위를 묻던 경찰서에서는 자가 격리 중이었던 확진자라고 말하자 즉시 출동하겠다는 답변이 돌아왔다. 지우가 모텔에 있을 때는 아무도 그 애를 찾으러 다니지 않았다. 자신도 마찬가지였다. 지우가 확진자가 아니었다면 할아버지에게 조금 더 기다려 보라고 했을 것이다. 윤아랑 놀고 있을 거예요, 곧 들어가겠죠, 그렇게 말하고 동아리방에서 계속 콩을 심고 수확하고 거래했을 것이다.

경찰이 일단 지우의 방을 조사하겠다고 해서 강은 지우의 집으로 차를 몰았다. 윤아는 갑자기 겁이 났는지 이런저런 말을 늘어놓았다. 그냥 그러고 싶을 때가 있다니까요. 아무도 없이 누워 있고 싶을 때. 그럴 수도 있는 거잖아요. 동아리방에도 가봤는데 선생님들이 계셔서 돌아왔거든요.

가만히 듣고 있던 강은 핸들을 돌리며 윤아를 힐끗거렸다.

「동아리방에 너희 둘이서 온 적이 있다고?」

「네. 그런데 이제 동아리방 못 쓰지 않아요? 선생님

들은 어떻게 쓰시는 거예요?」

선생님이니까 쓰지. 강은 속으로 대답했다. 학생들은 언제나 문제를 일으키니까. 틈만 나면 거기 모여서 술을 마시고 담배나 피우다 사고를 치기 일쑤였다. 섬 내에서 확진자가 늘기 시작한 건 좋은 핑곗거리였다. 동아리방을 폐쇄했다고 공지하고 교사들이 열쇠를 나누어 관리했다. 그때 잠깐 방이 깨끗해지고 쾌적해졌는데 얼마 지나지 않아 상태가 원상 복구되었다. 몇몇 교사가 술을 마시고 담배를 피우기 시작한 뒤로. 이제 교사들은 학생들의 동아리방에서, 학생들은 교사들의 흡연실에서 담배를 피웠다.

사거리로 건너가기 직전 빨간불 신호가 떨어졌고 강은 브레이크를 밟았다. 차가 횡단보도 앞의 정지선을 넘어서 급하게 멈춰 섰다. 안전벨트를 맨 윤아의 상체가 앞으로 기울었다.

「미안.」

강이 사과하자 윤아는 괜찮다고 대답했다. 그리고 창밖을 보았다. 방금 자신이 한 질문의 대답을 듣지 못했다는 걸 잊어버린 듯했다.

지우가 육지에 가기 며칠 전에 강은 지우를 만난 적이 있었다. 에어비앤비 예약에 실패해 베개와 담요를 챙겨서 동아리방에 갔을 때였다. 문을 열쇠로 열려던 순간 안에서 말소리가 들렸다.

……자기 나라가 없어져요. 짐 가방 하나만 들고 아무도 없이 살아야 하는 거예요. 그런데 나중에는 거기 있는 사람들 모두가 주인공의 가족처럼…….

누가 누구랑 뭘 하는 거지? 강은 조심스럽게 문을 열었다. 소파 위에 올라선 지우가 혼자서 맞은편에 삼각대를 두고 이야기를 하다가 멈추고 돌아보았다. 여행 가방을 들고 서 있는 톰 행크스의 포스터를 곰팡이 핀 벽에 붙이던 중이었다. 강은 당황해서 문을 어떻게 열고 들어왔냐고 물었다. 지우는 포스터를 도로 뗐다. 톰 행크스가 바스락 소리를 내며 구겨졌다.

저희 집 화장실 문이 잘 잠기거든요. 할아버지가 맨날 거기 갇히는데 매번 열쇠 찾기도 귀찮고. 자꾸 해보다 보니까 이제 잠긴 문은 잘 열 수 있어요.

그래도 여기는 그렇게 들어오면 안 되지.

아무도 없으면 그냥 빈방일 뿐이잖아요. 선생님이 오셨으니까 이젠 아니지만.

지우는 실내화를 신발로 갈아 신고 큰 배낭에 짐을 챙겼다. 포스터를 붙이던 자리 옆에 붙여 놓은 작은 엽서들, 손바닥 크기의 무드 등, 티백을 담가 놓은 텀

블러, 구석에 설치해 놓았던 삼각대, 테이블 위의 재떨이 자리에 올려놓은 디퓨저. 강은 그제야 여기서 왜 찌든 담배 냄새 대신 희미한 풀 향이 나고 있었는지 깨달았다. 배낭을 멘 지우는 나가려다 멈춰 섰다. 소파의 맞은편에 테이블 의자가 몇 개 놓여 있었다.

저도 조금만 있다가 가면 안 돼요?

무슨 일 있니?

지우는 망설이다가 아무것도 아니에요, 하고 돌아서서 방을 나갔다. 닫힌 문 너머로 멀어지는 발걸음 소리가 들렸다. 복도가 충분히 밝은가? 문득 그런 생각이 들어서 문을 열어 보았지만 지우는 보이지 않았다. 불이 어디까지 켜져 있는지는 알 수 없었다.

현에게서도 동아리방에서 있었던 일을 들었다. 교사들과 웃고 떠들다 화장실에 가려고 나왔을 때 그 앞에 서 있던 아이 두 명과 마주쳤다고 했다. 그때 현에게 가장 먼저 든 생각은 이 애들이 언제부터 여기 있었나, 였다. 교사들은 방금까지도 교장과 교감과 다른 교사들, 그리고 학부모들과 몇몇 학생에 대해 뒷말을 나눴다.

학교 끝났는데 왜 안 가고 여기 있어?

현이 목소리를 크게 키우자 방 안의 대화 소리가 멈

추었다. 아이들은 고개를 꾸벅 숙이고 가버렸다. 괜찮은 거예요? 강과 같이 듣고 있던 누군가 묻자 현은 괜찮아요, 조용한 애들이에요, 하고 대답했다. 정말로 교사들에게는 아무 일도 일어나지 않았다.

그 아이들이 지우와 윤아인지는 모르는 일이었다. 어디든 있을 곳을 찾아서 돌아다니는 아이들은 곳곳에 있으니까. 그러나 강은 지우를 돌려보낸 적이 확실히 있었고, 어쩐지 이 모든 일이 거기서부터 생긴 일처럼 느껴졌다. 심지어는 동아리방 때문에 육지에 가서 확진된 건지도 모른다는 생각까지 들었다.

시내를 빠져나가 이십 분을 넘게 달리자 풍경이 점점 바뀌었다. 높은 건물들이 사라지고 논밭이 나오더니 차가 덜컹거리기 시작했다. 너른 밭 사이의 비포장도로는 가로등이 드물어 어두웠다. 강은 속도를 줄이고 자세를 낮추어 차창에 바짝 다가갔다. 컴컴한 저 너머에 지우네 집이 어디 있는지 보기 위해 집중했다. 못 보고 지나치면 안 돼. 핸들을 꽉 잡고 중얼거렸다. 저 멀리 빨간 불빛이 보였다. 경찰차의 경광등이었다.

윤아가 차창을 내리고 고개를 내밀어 경찰차 쪽을 보았다. 위험해, 강이 말하자 자세를 바로 했다. 열린 창으로 축축한 흙냄새와 비료 냄새가 흘러 들어왔다. 강은 동아리방에 두고 온 콩밭을 생각했다. 수확하기엔 너무 약해서 지키고 기다려 줘야 했던 밭도. 다른 교사들은 거리 두기 제한이 풀릴 때까지 시간을 보내는 용도라고 했지만 강은 이 보드게임이 좋았다. 밭 그림에 콩 카드를 내려놓을 때면 진짜 콩을 심는 감각이 궁금해지곤 했다. 씨앗이 자라길 기다리는 마음은 어떤 마음일지. 잊어버렸던 그 규칙의 이름이 뒤늦게 기억나 되새겼다. 아, 새싹 보호법이었구나.

경찰은 지우의 방을 둘러보고 할아버지에게 질문하면서 대답을 받아 적었다. 지우가 평소에 성실한 학생이었다는 점을 감안해 단순 외출로 보는 듯했다. 윤아는 할아버지의 곁에 있었고 강은 대문 앞에 서서 교감과 통화했다. 교감은 우선 관사로 복귀하고 내일인 금요일까지 지우를 찾지 못하면 주말에도 남아 있기를 권했다. 남편의 카톡 메시지도 몇 개 쌓여 있었는데 읽지는 않았다. 가장 마지막으로 와 있는 메시지는〈아무튼 되도록 왔으면 해〉였다.

경찰차는 떠난 뒤 윤아를 데리고 차로 걸어가는 동안 할아버지가 따라왔다. 나오지 마세요, 들어가세요, 인사했지만 듣지 못한 듯 윤아에게 다가갔다. 아가, 아가. 우리 아가 봤니? 윤아는 대답하지 않고 시선을 내리깔았다. 강이 할아버지에게 대신 말했다. 할아버님, 지우 곧 올 거예요. 할아버지는 어깨가 굽어서 중얼거렸다. 내, 내가 뭘 잘못한 거 같아. 그래서 애가 어디 가버린 거 같아. 강은 고개를 저었다. 아니에요. 할아버님이 잘못하신 게 아니에요.

돌아가는 차 안에서 윤아는 창밖만 보았다. 컴컴한 비포장도로를 벗어나면서 강은 깨달았다. 오늘 지우를 찾으러 다니는 동안 한 번도 하지 않은 질문이 남았다는 사실을.

「윤아야. 지우 어딨는지 아니?」

강이 묻자 윤아는 묵묵히 생각하다 다른 말을 했다. 할아버지한테 주무시기 전에 약 드시라고 말씀드렸어야 했는데. 강은 더 묻지 않고 주택가 쪽으로 차를 몰았다. 교감에게서 전화가 한 번 더 왔지만 받지 않았다.

아파트 단지 앞에 차를 세웠을 때 그 집에 아버지가 없다는 사실을 기억했다. 삼촌의 집으로 데려다줄까 물었으나 윤아는 아니에요, 했다.

「그럼 집에 갈 거니?」

「삼촌 집에 갈 거예요. 잠깐 집에 들렀다가.」

「그래, 챙겨야 할 게 있겠다.」

비상등 소리가 깜빡깜빡 울렸다. 윤아는 안전벨트를 풀지 않고 있다가 입을 열었다.

「선생님. 지우…….」

「괜찮아. 이제 선생님이 알아서 할게.」

정말요? 그렇게 문득이 윤아가 강을 바라보았다. 강은 윤아의 어깨를 두드렸고 윤아는 조그맣게 감사합니다, 인사했다. 차에서 내린 윤아가 몇몇 집에 불이 켜진 아파트 단지 안으로 사라진 뒤에 강은 차를 돌렸다. 윤아의 집에서 멀어질수록 하지 못한 말이 입안을 맴돌았다. 윤아야, 미안한데, 너희가 정말 괜찮을까? 괜찮지 않은 거라면 내가 뭘 할 수 있을까? 지우가 아무것도 아니에요, 하고 돌아섰을 때 강이 아무것도 아니게 되어 버린 것 같았다. 뭘 할 수 있을까? 생각하며 고개를 내밀자 한 블록 너머에 스쿨 존 표지판이 보였다. 내비게이션에서 어린이 보호 구역이니 속도를 줄이라는 음성이 나왔다.

교내 주차장에 주차를 마치자 9시였다. 가장 안쪽에 있는 관사에 가는 길에는 본관과 그 뒤의 작은 별관을 지나야 했다. 인적이 없는 밤의 교정에서 강은 걸음을 멈추었다. 불이 켜진 별관 이 층 동아리방에 그림자가 어른거렸다. 교사들이 이 시간까지 남아 있는 일은 많지 않았고 불빛도 형광등의 밝은 빛이 아니었다. 작은 무드 등 하나만 켜놓은 것 같았다.

이 시간에 동아리방에 누군가가 있다면 들어가서 확인을 해야 했다. 학생이 몰래 들어가 있다는 거니까. 그러나 강은 별관 앞에 서서 이 층의 동아리방 창문을 올려다보았다. 주머니 안에서 휴대폰이 울렸다. 남편일 수도, 교감일 수도, 오늘 예약한 에어비앤비의 호스트일 수도 있었다. 강은 주머니에 손을 넣고 진동을 느끼면서 동아리방에 있을 아이를 상상해 보았다. 지우처럼, 윤아처럼 그동안 강이 의식 없이 지나쳐 왔던 얼굴들. 이 시간의 저 방이 필요한 아이를 한 명 한 명 떠올리던 강은 문득 정신을 차렸다. 동아리방의 창문 안쪽에서 희미하게 말소리가 들려왔다. 한 명의 혼잣말인지, 두 명의 대화 소리인지 불분명했는데 언뜻 웃음소리를 들은 듯했다. 강은 창문 쪽으로 다가섰다. 발치에 깔린 화단에는 학생들이 심은 묘목의 새순이 올라오고 있었다. 그 화단은 딱 한 걸음의 폭이었다. 창 너머 목소리가 들릴 만큼의 거리.

다른 방

소희는 거실 장의 서랍에서 열쇠를 발견했다. 황동색 원형 문고리 네 개를 넣어 두다가 손끝에 금속 재질의 작고 납작한 물건이 스쳤다. 검지만 한 크기에 가늘고 우묵하게 팬 홈이 정교했다. 소희는 열쇠라는 물건을 아주 오랜만에 보았다. 아마 연호의 것도 아닐 것이다. 그들에게는 열쇠로 잠그는 무언가가 없었다. 소희는 부엌으로 가서 연호에게 열쇠를 보여 주었다.

저 방 열쇠인가? 연호는 설거지를 하면서 복도 너머를 눈짓했다. 소희는 복도를 지나 현관 맞은편으로 갔다. 연호가 고무장갑을 낀 채로 따라왔다.

「뭐 하게?」

「맞는지 보려고.」

문고리의 구멍에 밀어 넣은 열쇠는 끝까지 들어가 맞물렸다. 그대로 비틀기만 하면 철컥, 하는 소리가 날 것 같았다. 지금은 시월 말이었고 여기에 이사 온 지는 사 개월이 넘었다. 그동안 이 열쇠가 여기 있다는 걸 내내 몰랐다니. 소희는 열쇠를 빼낸 뒤 주아의 연락처를 찾아 전화를 걸었다. 길게 이어지는 신호음을 들으며 바닥을 내려다보았다. 연호의 고무장갑에서 떨어진 물이 복도에 점점이 자국을 남겼다.

연호가 설거지를 마치는 사이 소희는 주아에게 카톡을 보냈다. 열쇠를 찍은 사진도 첨부해서. 그러다 습관처럼 주아의 프로필 사진을 눌렀다. 커다란 성당 앞 광장의 분수대에 선글라스를 쓴 주아가 걸터앉아 있었다. 여기는 어디일까? 소희는 검지와 중지로 화면 속 사진을 늘려 보았다.

그곳은 스페인의 바르셀로나였다. 몇 분 뒤 전화를 걸어 온 주아는 쾌활한 목소리로 일주일 안에 귀국해서 열쇠를 찾으러 가겠다고 말했다.

*

그들은 주아와 친한 사이는 아니었다. 그러나 소희

는 대학 졸업 이후에도 간간이 주아를 볼 수 있었다. 프로필 사진이 바뀐 친구를 친구 목록의 상단에 올려 두는 카톡의 서비스 덕분이었다. 새로운 사진 옆에 뜨는 빨간 점이 매번 사진을 눌러 보게 했다. 누르기 전까지는 사라지지 않는 빨갛고 작은 점이. 소희는 모텔에서 연호가 씻는 사이 침대에 누워서 주아의 사진을 보곤 했다. 그럴 때면 검지와 중지로 사진을 확대해 보며 중얼거렸다. 여기는 어디일까. 간혹 뒤에 찍힌 유명한 건축물을 알아볼 때도 있었다. 에펠탑이나 루브르 박물관 같은. 소희는 파리에 가본 적이 없었다.

심지어 자신이 공식 블로그와 페이스북을 운영하고 관리하는 A 시와 B 시에도 가보지 않았다. 복지와 정책부터 문화 축제의 일정도 줄줄이 읊을 수 있고 유원지의 주차장 요금까지 꿰고 있지만 축제의 길거리 음식은 어떤 맛인지, 그 근처의 도로가 얼마나 막히는지는 몰랐다. 그래도 매번 포스팅을 쓸 때마다 아름다운 도시 A 시에 놀러 오세요, 라는 말을 꼭 썼다. 가끔 댓글에 모르는 질문이 달리면 주무관에게 전화를 걸었다. A 시 박 주무관은 활달하고 친절한 사람이었다. 고생이 많다며 A 시에 오면 꼭 대접하겠다는 말을 자주 했다. 그때마다 소희는 그럼요, 한번 갈게요, 대답하고 전화를 끊었다.

반년 전이었다. 소희는 연호와 프랜차이즈 빙수 전문점에서 인절미 빙수를 먹다가 주아의 메시지를 받았다. 맞은편에 앉아 있던 연호는 고개를 빼고 주아와 소희의 대화창을 보았다.

너희들 집 구하고 있다며?

이 메시지를 보고 연호는 신기해했다. 어떻게 알았지? 어떻게 알긴, 애들이 말했겠지. 소희는 시선을 휴대폰에 둔 채 말했다. 충분히 예상됐다. 소희와 연호가 집을 구한다는 것만 말하지는 않았을 거라고. 소희가 당첨된 청년 주택에서 연호와 동거하더라, 일인 가구용 1.5룸인데 몰래 같이 산다더라, 하는 이야기를 이 년 전부터 전해 왔겠지. 그리고 그 거주 기간이 만료되어서 이제 나가야 한다더라, 라는 최근 소식으로 업데이트됐을 것이다. 소희에게도 주아의 소식을 꾸준히 전해 주었던 것처럼.

주아가 이십 년 된 아파트를 리모델링해서 단기 임대 숙소로 운영한다는 것도 그 애들에게서 들은 이야기였다. 소희는 그 숙소의 인스타그램 계정에 들어가 본 적이 있었다. 숙소 이름은 연희 할머니 집이었다.

연희동에 있는 따뜻하고 정겨운 할머니 집 같은 레트로 콘셉트라고 프로필에 설명되어 있었다. 정작 가격 정보는 어디에도 없었고 다정하고 친근한 설명 아래 사무적인 문장이 전부였다. 가격은 DM으로 문의 주세요. 그 옆에는 기도하는 손 모양의 이모티콘 두 개가 그려져 있었다. 스크롤을 내리자 정사각형 3열로 배열된 사진들이 끝도 없이 이어졌다.

그때 본 사진들이 카톡으로 들어왔다. 주아는 한국에 있는 시간이 많지 않아 운영이 번거롭기도 하고 귀찮아지기도 해서 세를 주려고 한다고 했다.

너희가 들어오면, 동기들이니까 좀 깎아 줄게.

그럼 얼마인데?

자판을 두드리면서, 소희는 마치 디엠을 보내는 것 같다고 생각했다. 주아의 답장이 왔다.

음.

이후 몇 초 동안 답이 없었다. 소희는 으음, 하고 시선을 내리까는 주아의 얼굴을 떠올렸다. 어쩐지 가만히 대답을 기다리게 만들던 그 표정.

일단 와 볼래? 같이 보면서 얘기하자.

가격은 DM으로 문의 주세요. 기도, 기도. 그 문장이 떠오르는 대답이었다. 디렉트 메시지도 아니고 디렉트 미팅이네. 그런 생각도 했지만 연호에게 말하지는 않고 숟가락을 내려놓았다. 연호는 인절미 가루가 떨어진 테이블을 닦고 트레이를 정리했다.

주아는 사흘 뒤 주말 정오에 오라고 시간을 정해 주었다. 체크아웃 시간 열한 시와 체크인 시간 세 시 사이여서 투숙객과 마주칠 일 없는 시간대였다. 앞치마를 두른 청소부가 집을 청소하는 동안 주아는 집을 보여 주었다. 현관 옆의 거실 화장실부터 짧은 복도를 지나 왼쪽의 부엌, 오른쪽의 거실과 그 끝의 안방, 안방 욕실, 그 옆의 작은 방까지.

건물은 노후했지만 집은 리모델링되어 있었고 풀옵션이었다. 냉장고, 세탁기, 방마다 달린 에어컨은 물론 식탁과 의자와 붙박이장과 텔레비전과 소파, 심지어 더블 침대까지. 주아는 이 모든 것을 보여 준 뒤에야 보증금과 월세, 관리비를 알려 주었다. 소희는 머릿속으로 매달의 주거비를 빠르게 계산했다. 수중에 있는 돈을 보증금에 털어 넣고 남은 금액은 중소기업 청년 대출을 받을 예정이었다. 월세와 대출 이자가 백이십 만 원, 관리비며 각종 공과금까지 더하면 백삼십을 넘고, 겨울철에는 백사십 만 원 정도. 연호와 반으로 나눠도 육칠십 만 원을 웃도는 금액일 것이다.

소희는 거실 한가운데 서서 창밖을 바라보았다. 서너 개의 단지가 일정 거리를 두고 비스듬히 서 있었다. 32평 아파트니까. 완전한 풀 옵션이니까. 누구나 탐낼 만큼 인테리어된 곳이니까. 그러니 월급의 사십 퍼센트에 가까운 주거비도 어떻게든 내 볼 만했다. 소희와 연호는 이제 서른을 넘었고, 청년 주택의 1.5룸에서 몰래 같이 사는 일을 그만두기로 했다.

그런데 저 방은 뭐야?

소희와 주아를 따라다니기만 하던 연호가 물었다. 현관 쪽의 거실 화장실을 보고 난 뒤 복도로 가기 전 지나친 방이었다.

아, 저 방은 잠가 뒀어. 내 물건이 있거든. 너희는 방 두 개 정도면 되지?

주아가 조심스럽게 물었다. 소희는 고개를 끄덕였다.

연호와 이 년간 거주했던 청년 주택은 부엌도, 거실도 이 아파트보다 훨씬 작고 방과 화장실도 하나뿐이었다. 그래도 그들은 거기서 잘 살았다. 방이 두 개, 화장실이 두 개이고 거실과 부엌이 널찍한 이 집에서는 더 잘 살 수 있을 것 같았다.

이삿날에는 짐이 많지 않았는데도 정리가 마무리되자 자정이 가까운 한밤중이었다. 소파에 널브러져 누운 소희에게 연호가 제안했다.

소희야, 우리 산책할래?

안 피곤해?

나 산책로가 있는 아파트에 살아 보는 거 처음이야.

다섯 개 동 소단지 아파트의 산책로는 지상 주차장과 놀이터를 끼고 단지를 한 바퀴 도는 것이 전부였다. 그래도 대체로 침착하고 무던한 연호가 가끔 들떠서 뭔가를 해보자고 할 때 소희는 거절하지 못했다. 그들은 카디건을 걸치고 슬리퍼를 신은 차림으로 분리수거장을 지나 놀이터 외곽에 조경된 길로 접어들었다. 가로등이 띄엄띄엄 놓인 산책로는 생각보다 어두웠고 사람이 없어서 을씨년스러웠다. 단지를 돌고 돌아온 그들은 건물 입구에서 비밀번호를 누르고 들어왔다.

이제 우리 여기 주민이네.

엘리베이터를 기다리면서 연호가 중얼거렸다. 소희는 그러네, 하고 고개를 끄덕였다. 이미 짐을 다 들여놓고 정리까지 마친 그들의 집인데도 그 순간에는 기분이 묘했다. 엘리베이터에서 내려서 도어록의 비밀번호를 누르고 들어가면서 설레기까지 했다. 신발을 벗은 뒤 화장실과 현관 맞은편 방을 등지고 천천히 복도를 걸어갔다. 그들은 집을 구경하러 온 손님처럼 새삼스럽게 곳곳을 둘러보았다.

요즘은 다 없애는 체리 몰딩을 이 집에서는 콘셉트로 활용했다. 두껍고 색 진한 몰딩이 거실 천장의 샹들리에, 고동색 마룻바닥과 어우러져서 고풍스러운 느낌을 냈다. 자줏빛 소파와 이젤에 거치한 46인치 텔레비전이 거실의 포인트였고 주방의 6인용 원목 테이블이 무게감을 더해 주었다. 안방에는 페르시안 문양의 극세사 러그를 깔고 원목 침대 헤드에는 은은한 간접 조명을 달았다. 침대의 양옆에는 빈티지 협탁을, 맞은편에는 조화를 꽂은 세라믹 화병 등 각종 오브제를 진열한 장식장을 배치했다. 옷방 겸 서재로 쓸 작은 방에는 책을 좋아하는 연호를 위해 붙박이장 앞에 책장과 체어를 두었다. 내가 손님이라면 이 집에 정말 살고 싶을 거야. 소희는 생각했다. 연희 할머니 집의 인스타그램 계정에 들어가 보자 마지막 피드에 영업 종료 공지가 올라와 있었다.

이사한 뒤 한동안은 인기 많은 숙소에 여행 온 기분을 느끼며 지냈다. 아침에 하얀 이불 시트와 격자무

닉 창문이 시야에 들어왔을 때. 연호가 꽃을 사 와서 거실 테이블의 화병에 넣어 두었을 때. 배달로 시킨 음식을 그릇에 담고 원목 테이블에 플레이팅했을 때.

그 방이 다시 눈에 들어온 건 문고리 때문이었다. 이 집의 문고리는 체리 몰딩과 마찬가지로 요새 보기 힘든 황동색 원형 문고리였다. 작은 구 모양의 손잡이를 쥐고 손목을 써서 돌려야 열리는 방식이었는데, 지난주에는 안방에서 문고리가 저절로 잠기고 말았다. 연호가 부른 업자가 도착할 때까지 소희는 안방에 갇혀 있었다.

출장 온 업자는 이런 이유로 원형 문고리는 요새 거의 쓰지 않는다고 말했다. 열쇠가 문고리마다 다 다르기 때문에 보관을 잘못해 잃어버리면 열쇠를 복사하기도 번거롭고, 한번 잠긴 문고리는 열기 힘들어서 손목 힘이 약한 어린이나 노약자가 갇히는 일이 많았다고. 레버형 문고리는 젓가락 같은 긴 막대로도 열려서 잠기더라도 쉽게 열 수 있다는 것이었다.

나갈 때 원상 복구만 하면 뭘 하든 상관없댔지? 문고리 바꿔야겠다.

업자가 가고 난 이후에 연호는 바로 말했다. 소희는 으음, 하고 말꼬리를 늘렸다. 주아가 괜찮다고 했다니까. 연호가 재차 말했다.

좀 아쉬운데.

뭐가?

이 집이랑은 저 문고리가 잘 어울리니까.

레버형 문고리도 잘 어울리는 게 있을 거야.

그들은 쇼핑 앱을 들여다보며 무광 금색 문고리를
골랐다. 그리고 주문 개수를 정할 때 의견이 갈렸다.
소희는 문고리를 바꾼다면 통일감을 위해서 모두
바꾸고 싶었다. 쓰지 않는 방이라도 그 방만 문고리
만 다르면 두고두고 거슬릴 것 같았다. 연호는 그 방
은 주아의 방이니 아무것도 건드리고 싶지 않다고 했
다. 그 방 문고리 바꾼다는 건 네가 주아한테 말할 거
야? 그런 말까지 하면서. 소희는 주아에게 이 이야기
를 꺼내는 모습을 상상해 보았다. 통일감을 위해서
야. 주아는 뭐라고 대답할까?

안방과 서재, 화장실 두 개의 문고리가 배송 오기
를 기다리는 동안 그들은 그 방을 흘끔거렸다. 뭘 뒀
을지 추측해 보기도 했다. 명품 가방과 시계. 초등학
생 때 돌아가셨다는 친어머니 — 동기들에게서 들은
이야기였다 — 의 유품. 탈세 — 것도 소문으로만 들
었다 — 를 위해 묵혀야 하는 현금 다발. 모두 타인에

게 세를 준 집에 둘 물건은 아니었다. 나중에는 범죄 현장을 은폐한 게 아니냐는 농담까지 나왔다.

그러면 저 안에 피 묻은 시트랑 범행 도구가 있는 거야?

그럼 어떡해?

그래도 살아야지. 그냥 생각하지 말자.

그들은 상상을 그만두었다. 현관 앞에 있는 그 방은 집에 드나들 때마다 눈에 띄었다. 유일하게 문고리가 다른 그 문을 소희는 그들의 집에 있는 방문이 아니라 옆집의 현관문처럼 여기려고 노력했다. 늘 보이지만 열어 볼 수는 없는 문이라고.

*

그런데 열어 볼 수 있게 된 거잖아? 저녁에 이를 닦으며 소희는 문득 생각했다. 바르셀로나에 있는 주아가 오기까지는 일주일이나 남았다. 잠깐 열어 보고 닫아도 주아가 알 방법은 없을 텐데. 차가운 금속 열쇠를 손에 쥐어 보고, 문고리의 구멍에 맞춰 보고 나서야 소희는 새삼 깨달았다. 이 문은 옆집의 현관문이 아니라는 걸. 이 방은 매일 집을 드나들 때마다 지나치는 곳이었고 이 집 안에 있는 세 개의 방 중 하나였다.

「넌 안 궁금해? 저 방에 뭐가 있는지.」

거실에서 빨래를 개면서 물었을 때 연호는 의아한 표정으로 소희를 보았다.

「궁금해졌어? 왜?」

소희는 잠시 생각하다 대답했다.

「열어 볼 수 있다는 걸 알았으니까.」

이전까지 그 방을 상상하는 데 만족했던 건 문을 열 수가 없어서였다. 여기에 열쇠가 있다는 걸 몰랐기 때문에. 그동안 몰랐던 것, 궁금해하고 추측만 해봤던 것을 그들은 이제 당장 볼 수 있었다. 연호는 마른 티셔츠를 바닥에 펼치고 주름을 꼼꼼하게 폈다.

「괜히 봤다가 후회하면 어쩌려고.」

「내가 주아 물건을 가지고 싶어서 그런 줄 알아?」

「그럼 왜 보고 싶은 건데?」

「궁금하잖아.」

그게 다였다. 주아 같은 애가, 이런 집을, 데면데면했던 동기 커플에게 임대하고 잠근 방에는 무엇을 두었을까. 빨간 점이 뜬 사진을 누르는 마음과 비슷했다. 누르지 않으면 친구 목록 상단에서 계속 보이는 게 문제였다. 확인되지 않은 무언가가 자꾸 시야에 걸리니까.

「그 방 안에 CCTV가 있으면 어떡해?」

「누가 자기 집 방에 CCTV를 달아 놔?」

「귀중품을 둬서 달아 놨을 수도 있지.」

어처구니없는 생각이었지만 그럴듯하기도 했다. 이 집은 원래 연희 할머니 집이었다. 소희는 자세를 고쳐 앉아 빨래를 개기 시작했다. 하지 못할 이유가 생기면 빨리 포기하는 게 효율적이었다. 연호가 웃으며 말했다. CCTV는 이래서 필요한가 봐.

그런데 CCTV가 정말 있을까? 다음 날에도 소희는 때때로 이런 생각에 빠져들었다. CCTV까지 들여서 관리해야 할 물건이라면 애초에 그 방에 두지도 않았을 텐데. 그렇다고 정말 열어 보기엔 좀 께름칙했으므로 소희는 결국 거실 장의 서랍을 열어 보지 않았다. 일주일이 지났을 때는 이 호기심에서 해방되는 느낌마저 들었다.

일주일에서 하루가 더 지나도 주아는 그들에게 연락하지 않았고 소희가 보낸 카톡도 읽지 않았다. 소희는 연호와 이야기하다가 주아에게 전화를 걸었다.

— 아, 미안! 나 아직 한국 안 들어갔어. 열쇠 그냥

거기 놔둬!

어디에 있는지 수화기 너머로 왁자지껄한 소음이 들려왔다. 통화 상태가 좋지 않아 주아의 목소리도 뚝뚝 끊겼다. 여전히 바르셀로나일까, 아니면 또 다른 어느 도시일까. 소희는 충동적으로 말했다.

「주아야, 그럼 그 방 말이야, 문고리만 바꿔도 될까?」

—어? 뭐라고?

주아 근처의 음악 소리가 점점 더 커졌다. 소희는 목소리를 높여 다시 한번 말하려다 멈추었다. 요란한 잡음 사이로 주아가 무슨 말을 한 뒤에 전화가 끊겼다. 소희는 잠깐 휴대폰을 내려다보았다. 어딘지 알 수 없는 곳이 소란스러워서 이 집은 유난히 조용하게 느껴졌다. 적막 속에서 연호가 물었다.

「뭐래?」

「원상 복구만 하면 된대.」

소희는 앱을 켜고 문고리를 주문했다. 두 번 결제한 배송비는 문고리 하나의 값과 비슷했다.

이틀 뒤 연호가 퇴근하면서 손바닥만 한 택배 상자를 들고 왔다. 소희는 현관의 신발장 서랍에서 열쇠를 꺼냈다.

방 안의 물건은 딱 세 가지였다. 실내 자전거, 진녹

색 빈백과 큼직한 전신 거울.

「진짜 그냥 물건들이네.」

뒤에서 연호가 김빠진 목소리로 말했다. 소희는 말없이 더 안으로 들어갔다. 연호는 알지 못하는, 주아조차 모를 수도 있는 이 방의 가치를 소희는 바로 알아차렸다. 이 방은 집에서 유일하게 커튼이나 블라인드가 없는 방이었다. 창밖으로 창문이 빽빽한 다른 단지가 아니라 작은 공터와 거기서 이어지는 뒷산이 전면에 보였다.

붙박이장 안에는 유행이 지난 명품 가방과 코트가 걸려 있었다. 소희는 공통점이 없는 주아의 물건들을 하나씩 훑어보며 생각했다. 유일하게 다른 건물과 마주 보지 않는, 시야가 탁 트인 방을 주아는 창고로 썼구나. 팬트리나 다용도실처럼. 버리긴 애매한데 자리는 차지해서 어디론가 치워 두고 싶은 물건을 보관하는.

「주아는 여기보다 훨씬 넓은 집에서 살잖아. 혼자.」

「그래? 나는 잘 모르지.」

「거기도 공간은 많을 텐데 왜 굳이 이 방에 뒀을까?」

「아무리 넓은 집이어도 집 안에는 자기가 원하는 것만 두고 싶을 수도 있지. 왜, 요즘에는 세대 창고도 있잖아.」

　연호가 당연하다는 듯이 말했다. 그들은 안쪽에서 문 잠금쇠를 누르고 나온 뒤 문을 닫았다. 연호는 택배 박스를 정리하고 소희는 거실 장 서랍에 원형 문고리 하나를 더 넣어 두었다. 이 년 반을 함께 살면서 그들은 눈앞의 할 일이 생길 때마다 즉시 나눠서 해왔다. 청년 주택에 살던 때부터 몸으로 익혀 온, 둘이 살기 비좁은 집을 깔끔하게 유지하는 방법으로. 주아에게는 이런 게 방법이었던 모양이다. 몇 번 타다가 귀찮아진 실내 자전거, 누군가에게 선물받았으나 취향에 맞지 않는 물건을 세를 주는 집에 두는 것. 그냥 버리지. 돈도 많은데 필요할 때 다시 사면 되잖아. 소희는 연호에게 그런 말을 하지 않았다. 연호가 뭐라고 대답할지 알 것 같아서였다. 버리지 않고 싶을 수도 있지. 사실 소희도 그 마음을 이해할 수 있었다. 자신도 그럴 수 있다면 그랬을 테니까. 버리기도 애매하고 갖고 있기도 싫은 물건을 남는 집에 두고, 세입자에게 이 방은 쓸 수 없다고 할 수 있었다면, 자신도 분명히 그렇게 했을 것이다.

　하지만 지금의 그 세입자는 소희와 연호였다. 소희는 문고리를 통일하면 그 방도 이 집에 완전히 속하는 느낌이 날 줄 알았다. 긴 막대 열쇠 하나로 모두 열리는, 한 집의 세 방 중 하나로. 그런데 왜 이 집이 그 방에 딸린 것처럼 느껴질까? 그 방뿐만이 아니라 이 집 자체가 주아의 창고인 것처럼. 그냥 창고가 아니라, 뭐라더라. 소희는 연호가 언급한 그 고유 명사를 기억해 냈다.

그들은 이 집에 오기 전 집을 보러 다닐 때 세대 창고라는 걸 처음 보았다. 예산이 안 된다는데도 구경만 하라는 공인 중개사를 따라간 신축 아파트에서. 집 안으로 들어가기 전에 공인 중개사는 그들을 지하 주차장에 데려갔다. 주차장 안쪽에 사람 키만 한 사물함들이 늘어서 있었다. 캠핑용품이나 계절 이불 따위의 부피가 크고 사용 빈도가 적은 물건을 보관하는 곳이라고 공인 중개사가 설명했다. 넓은 집을 더 넓게 쓰는 거죠. 그런 말도 했다. 문에 호수가 적힌 채 촘촘하게 붙어선 사물함은 마치 아파트 단지를 줄여 놓은 미니어처처럼 보였다. 문을 열면 텐트와 낚싯대 옆에 작은 사람들이 살고 있을 듯한.

「그럼 우리는 주아 세대 창고에 사는 거야?」

연호가 저녁을 먹다가 갑자기 웃었다. 재미있는 농담을 발견한 표정으로. 소희는 입꼬리를 올리며 그렇게 되나, 하고 얼버무렸다. 흐음. 연호는 고개를 돌려 거실과 주방을 훑어보았다. 그리고 산뜻하게 말했다.

「창고가 32평 아파트라면 누구든 살고 싶어 할걸.」

맞는 말이었다. 어차피 모든 세입자는 임대인의 남는 방, 남는 집에 사는 거였다. 안방과 서재도 있고 화장실도 두 개나 된다면 남는 집이든 창고든 무슨 상관이겠어. 소희는 생각했다. 연호라도 이성적으로 생각하고 맞는 말을 해서 다행이라고. 연호가 놀리듯이 말을 걸었다.

「거봐, 열어 보면 갖고 싶어질 거라고 했지.」

「난 자전거나 빈백 같은 거 필요 없어.」

「그 방이 갖고 싶어진 거잖아.」

소희는 멈칫하고는 한 박자 늦게 대답했다.

「남는 방이 하나 있으면 좋지. 거기서…….」

「거기서? 뭘 하고 싶은데?」

「글쎄. 넌 하고 싶은 거 있어?」

「어차피 우리 방이 아닌데 뭐.」

연호는 일어나서 그릇을 싱크대로 가져갔다. 연호가 설거지를 하는 동안 소희는 말없이 식탁을 닦았다. 연호가 다가와서 무슨 생각을 하느냐고 물을 때까지.

*

주아가 다시 연락했을 때 소희는 B 시 정 주무관과 통화하고 있었다. 주무관은 B 시에서 매년 말에 주최하는 지역 축제 홍보 이벤트를 설명한 뒤 통화가 끝나기 전에 말했다.

다음 주부터 새로운 사람이 올 거예요. 제가 출산 휴가에 들어가게 되어서요.

소희는 정 주무관이 임산부였다는 걸 전혀 몰랐다. 평일에 거의 매일 통화하는 수화기 너머의 사람은 지금까지 점점 불러오는 배를 안고 출퇴근을 해왔다고는 한마디도 해주지 않았다. 축하한다는 인사에 주무관은 구십 일 뒤에 봬요, 하고 끊었다. 출산 휴가가 구십 일이구나. 중얼거리던 소희는 휴대폰에 온 메시지를 발견했다.

소희야 지금 집에 있어?

뭐라고 답장을 보내기도 전에 다음 메시지가 도착했다.

나 뭐 좀 가지러 가려고!

소희는 얼떨결에 통화 버튼을 눌렀다. 신호음이 두 번쯤 가고 나서야, 아무리 집주인이라도 빈집에 올리는 없다는 생각이 스쳤다. 끊을까 망설이는 순간 주아가 전화를 받았다. 주아는 실내 자전거를 친구에게 주기로 했다고 말했다. 해체부터 운반까지 그 친구가 알아서 할 테니 문만 열어 주면 된다고.

이틀 뒤 토요일 오후에 주아는 짙은 금발의 백인 남자를 데리고 왔다. 캘리포니아주 출신이라는 그 남자는 피부가 그을려 있었고 덩치가 컸다. 그가 소희와 연호에게 손을 들어 보이며 하이, 하왈유두잉, 하자 연호는 반사적으로 목례를 건넸다.

소희는 거실 장에서 긴 막대 열쇠를 가져와 그 방을 열었다. 남자가 실내 자전거를 분해하고 해체하는 동안 주아는 주방에서 물을 마셨다. 연호가 물병을 냉장고에 넣으며 주아에게 물었다.

「남자 친구야?」

「뭐? 아니야.」

주아는 눈썹을 찌푸리며 웃었다. 그리고 싱크대에 기대서서 식탁 건너편의 소희와 연호를 감상하듯 바라보다가 물었다.

「너희는 왜 결혼 안 해?」

「그냥, 아직 생각 없어.」

「결혼하면 혜택도 많은데, 왜.」

「너도 안 하면서.」

「난 할 사람이 없잖아.」

주아는 장난스럽게 슬픈 표정을 지어 보였다.

「그러니까 복받은 줄 알아. 인연 만나는 것도 쉬운 일 아닌데. 아이 가질 생각하면 더 빨리 해야 하지 않아?」

「아이 방도 없는걸.」

잠시 정적이 흘렀다. 왜 그런 말을 했는지 소희 자신도 이해하지 못했다. 주아는 음, 그렇구나, 하는 표정으로 고개를 주억거리더니 말했다.

「아이 낳으면 저 방 써.」

소희는 멍한 얼굴로 주아를 보았다.

「아이가 있으면 방이 세 개는 되어야지, 당연히.」

주아는 컵을 내려놓으며 시원하게 말했다. 이후 분해한 실내 자전거를 커다란 가방에 챙긴 남자와 집을 나섰다.

며칠 후부터 연호가 결혼 이야기를 꺼내기 시작했다. 그런데 신혼부부 혜택이 정말 많긴 하더라, 라는 식의 갑자기 생각났다는 듯 툭 던지는 말투였다. 어느 사무관님 딸이 유치원에 들어갔는데 정말 귀엽더라, 힘들긴 해도 그렇게 행복하다더라, 하는 이야기도 틈틈이 했다. 그렇구나. 소희는 모든 대답을 그렇구나로 통일했다. 이럴 때는 먼저 목소리를 높이는 사람이 진다는 걸 알고 있었다. 난 별생각 없이 한 말인데 네가 예민한 거 같아,를 말하는 사람이 이기는 게임이었다.

평소에는 소희가 자주 졌다. 원체 연호가 생각이 많지 않고 무던한 편이어서였다. 둘 사이에서 그렇구나, 그럴 수도 있지를 자주 말하는 건 연호 쪽이었다. 그러나 이번에는 그렇다더라를 연호가 맡았고 그렇구나를 소희가 맡았다. 그렇다더라와 그렇구나의 대화가 길어질수록 불리한 건 그렇다더라였다. 그렇구나는 계속 그렇구나여도 되지만 그렇다더라는 매번 새로운 그렇다더라를 만들어야 하기 때문이었다. 결국 동이 난 그렇다더라가 먼저 포기했다. 입주한 지 반년째 되는 날이었다.

「내 얘기 듣고 있는 거야?」

「네 얘기가 아니라 다른 사람들 얘기잖아.」

「우리 이야기가 될 수도 있는 거 아니야?」

소희는 소파에서 일어나 주방으로 가서 물을 마셨다. 그리고 돌아서서 거실과 주방의 경계에 서 있는 연호를 보았다. 주아가 이쪽에 서서 자신들을 보았을까? 이 정도 거리였나. 주방은 어둡고 거실은 밝아서 연호가 너무 환하게 보였다.

「생각해 보겠다며. 조금만 더 기다리라고 했잖아.」

연호는 억울하다는 표정으로 말했다. 틀린 말은 아니었다. 삼 년 동안 연호는 기다렸고, 기다리는 동안 9급에서 8급으로 승진했다. 사오 년 안에는 7급이 될 수 있다고 했다. 평균치가 그렇다고.

「나는 아직 확실하지가 않아.」

「우리 사이가?」

「그런 말이 아니야.」

소희가 부정했지만 연호는 고개를 돌렸다. 안방과 서재 쪽을 보며 머뭇거렸다. 어디든 들어가 방문을 닫고 싶은데 마땅한 방이 없는 모양이었다. 서재로 들어간 연호는 외투를 들고 나오더니 집을 나가 버렸다.

*

연호가 우는 모습을 본 건 삼 년 전 B급 파인 다이닝 레스토랑에서였다. 소희는 그 자리가 연호의 첫 월급날을 축하하는 자리인 줄 알았다. 9급 공무원의 월급으로 무리한다 싶기는 했지만 그러려니 했다. 철밥통의 밥을 먹게 되어서 든든한가 보다, 그렇게 여겼다.

코스 요리의 마지막 순서에서 차와 디저트가 나온 뒤 연호가 자주색 벨벳 케이스를 내밀었을 때 소희는 표정을 관리하지 못했다. 그전까지 결혼에 관해 이야기를 나눈 적은 있지만 그건 말 그대로 불확실한 이야깃거리일 뿐이었다. 잠깐 상상해 보면 즐거운, 당장 할 일이 아니어서 편안한, 재미있게 대화하고 바로 잊어도 되는 이야기. 소희는 케이스를 열어 보지도 않고 돌려주었다. 그 안에 뭐가 들어 있는지는 잘 알았다. 처음에는 반짝이겠지만 몇 달만 지나도 귀찮고 번거롭고 짐이 될 모든 생활. 그것만은 열어 보고 싶지 않았다. 자라며 봐온 것만으로도 충분했다.

연호는 케이스를 집어넣으며 눈물을 닦았다. 직원들이 소리 내지 않고 걸어 다니는 홀 한가운데서 소희는 연호를 달랬다. 지금은 때가 아니야. 우리는 너무 어려. 이렇게 성급하게 하면 너도, 나도 후회하게 될 거야.

며칠이 지나자 연호는 그때를 부끄러워했다. 소희와 같이 살고 싶었고, 독립도 하고 싶었다고 말했다.

무엇보다 사수가 틈만 나면 당장 프러포즈하라고 부추겼던 게 컸다. 요즘 세상에 공무원이면 결혼하기엔 더할 나위 없다고, 지금 당장은 벌이가 적어도 일단 결혼하면 어떻게든 살게 된다고 했다는 것이다. 자판기 커피를 마시며 아무렇게나 하는 소리에 네, 네, 했을 연호가 눈앞에 그려졌다.

소희는 연호가 순해서 좋았다. 대학교 때부터 그랬다. 목소리 큰 동기들과 어울리지도 않고 묵직한 백팩에 전공 서적을 한가득 넣어 다니던 연호. 캠퍼스 벤치에서 소희가 무릎을 베고 잠든 삼십 분 동안 주먹만 쥐었다 폈면서 기다리던 연호. 가끔은 너무 답답하거나 따분해지면 몇몇 동기의 말을 떠올렸다. 소희야, 이제 보니까 네가 진짜 위너다. 그렇게 자아 없는 남자가 남자 친구로 최고더라. 요새 주식 코인 안 하고 맨스플레인 안 하고 여자 친구한테 페미하냐고 안 물어보는 남자가 어딨니?

소희도 그 말에 동의했다. 연호 같은 남자는 정말 드물었다. 연호를 놓치면 이런 사람을 다시 만날 수 없을 것 같다는 불안과 그래도 결혼은 하고 싶지 않다는 마음이 엇갈려 부딪혔다.

우선 같이 살아 보는 건 어떨까? 이 년 전 어느 날

오전에 청년 주택의 슈퍼싱글 침대에 누워서 소희는 생각했다. 일상은 공유하고 월세나 생활비도 절약하면서 서류로 얽매여 있지는 않은 상태. 서로 맞춰 가다가 아니다 싶으면 언제든 돌아설 수 있는 생활.

그다음 주에 연호가 캐리어를 끌고 들어왔다. 소파 베드에 깔 이불 패드를 사고 붙박이장 옆에 둘 행어를 조립했던 게 동거의 시작이었다.

연호는 남자 친구보다 동거인으로서 더 훌륭했다. 이불과 베개만 있으면 소파 베드에서도 잘 잤고 한 군데서 잘 움직이지 않았다. 소파에 앉아 책을 읽기 시작하면 그대로 반나절은 보내는 식이었다. 소희는 침실에 누워 있다가, 식탁에서 노트북을 하다가, 화장실에 다녀와도 그 자리에 있는 연호를 보면서 화분을 하나 들여놓은 것 같은 느낌이 들었다. 그 화분은 집안일도 하고 월세와 관리비도 분담했다. 전입 신고도 못 하고 몰래 살아야 하는 상황을 불안해하지도 않았다. 그래, 난 연호의 이런 점을 좋아했지. 그게 나를 편하게 해주니까. 그렇게 되새길 때마다 소희는 기분이 이상했다. 연호는 지금 편할까? 그런 걸 물어본 적은 없었다.

청년 주택 거주 기간이 만료되어 갈 즈음 연호는 벨

벳 케이스를 아직 갖고 있다는 말을 농담하듯 흘렸다. 지금은 때가 아니야. 소희가 힘주어 말했다. 그럼 언제인데? 묻는 말에 한숨처럼 대답했다. 그건 나도 몰라.

소희는 이사를 준비하던 시기에 주임을 달았다. 말이 주임이지 좀 더 오래 다닌 사원이라는 뜻이었다. 대표와 경리 외의 열 명 남짓한 직원은 두 팀으로 나뉘었다. 에디터 팀은 중소 규모 도시 시청의 주무관과 소통하며 공식 SNS를 운영하고 디자인 팀은 에디터 팀에서 요청하는 카드 뉴스를 만들거나 계절마다 블로그의 디자인을 교체했다. 모든 직원은 저마다 맡은 도시에 관한 일을 알아서 관리했다. 이 회사에는 직급이 필요하지 않았다는 뜻이다. 하지만 대표가 입사한 순으로 직급을 정리해 제일 오래 다닌 사람은 과장, 그 아래는 대리, 그 아래는 주임, 그 아래는 사원이 되었다. 그중에서 임신하고 떠나서 돌아온 사람은 없었다. 대표 아래의 직원들은 전부 여자였다.

소희는 구십 일간의 휴가를 보내 보기는 어려울 것이다. 유원지가 아름다운 A 시와 지역 축제가 풍성한 B 시에 가볼 일이 없듯이. 전철과 시외버스를 갈아타서 가면 사람은 북적거리고 길거리 음식은 값비쌀 것이다. 그럼에도 뜻밖의 좋은 날을 보내게 될 수도 있었다. 그러나 그 가능성을 위해서 주말 하루를 투자할 수는 없었다. 삼 개월 휴가 때문에 인생을 바꿀 수는 없는 것처럼. 소희가 제대로 아는 건 그것뿐이었다. 그 외에는 많은 게 불확실했다. 여기서 대리가 되는 데 걸리는 시간의 평균치는 얼마일지, 그 시간도 엄마가 되면 의미가 없어지는지.

이런 것들을 연호에게 설명할 수는 없었다. 그럼 아이를 안 가지면 되잖아, 그렇게 합의하려 할 거고, 그러면 소희는 그게 다가 아니야, 라고 대답해야 할 테니까. 유부녀가 되면 언제든 사직서를 낼 수 있는 잠재적 애 엄마가 되는 소기업에 대해서, 그리고 사실은 자신도 옆자리 주임을 그렇게 봤던 일에 대해 말하는 대신 소희는 지금 당장 결혼을 원한다면 헤어지자고 했다. 연호는 그때도 외투를 챙겨 입고 집에서 나가서 반나절 뒤에 돌아왔다. 그다음 날부터 그들은 부동산에 찾아가 집을 보러 다녔다.

왜 자신을 떠나지 않았는지 물었을 때 연호는 소희가 했던 말을 돌려주었다. 나도 몰라. 그건 소희의 나도 몰라와는 달랐다. 연호는 답을 알고 있었고 그 답은 당분간은 연호만의 것이었다. 소희는 언젠가 그

답을 듣게 될 것 같다고 막연히 짐작해 왔다. 마침내 결혼할 때, 혹은 마침내 이별할 때.

*

그때와 달리 연호는 삼십 분 만에 돌아왔다. 눈가와 귓가, 뺨까지 모두 빨갰다. 소희는 우유를 데워서 건넸다. 연호는 거실의 소파에 앉아서 우유를 마셨고 소희는 그 옆에 앉아 맞은편의 텔레비전을 바라보았다. 이젤에 거치된 검은 화면에 그들이 비쳤다. 주변의 조명과 몰딩, 어두운 벽지까지 한 폭의 그림 같았다. 주인이 한 땀 한 땀 그려 놓은, 어떻게 되더라도 원상 복구의 의무가 있는 그림. 그들은 그 프레임 안에 있었다. 정적 속에서 소희가 연호의 손을 잡았다.

「우리 재밌는 거 할까?」

연호는 눈썹을 들어 올렸다. 화는 안 풀렸지만 들어는 보겠다는 제스처였다. 소희는 연호에게 몸을 기울이며 속삭였다.

「주아가 저 방에 들어가면 안 된다고는 안 했잖아. 계약서에도 그런 말은 없어.」

「그런 말은 안 했지만…… 우리한테 방 두 개면 되

냐고 물어봤잖아. 우린 그렇다고 했어. 그때 우리는 저 방을 안 쓰는 데 동의한 거야.」

「그땐 그랬지. 그땐 방 두 개면 됐어.」

소희는 연호처럼 조용히, 하지만 분명하게 말했다.

「지금은 아니야. 지금은 방 두 개가 충분하지 않아.」

연호가 소희와 시선을 맞추었다. 소희는 연호가 다시 반박할 줄 알았지만 연호는 그러지 않았다. 소희는 한 번 더 말했다.

「이제 우리는 다른 것도 필요해. 그렇지 않아?」

소희는 소리 내서 말한 뒤에 그 말이 진실이라는 걸 깨달았다. 아직 삶의 대부분이 불확실하고 그들은 서로에게 말하지 않는 것들도 있지만, 그것만은 진실이었다. 그들에게는 다른 무언가가 필요하다는 것. 소희는 소파에서 일어났다. 거실장의 서랍을 열어 막대 열쇠를 꺼냈다.

문을 열고 들어와서 불을 켠 뒤에 그들은 그대로 서 있었다. 방에 들어오자고 제의한 쪽은 소희였지만 소희 역시 이 방에서 뭘 할 수 있을지 몰랐다. 연호가 나가서 무선 청소기를 가져왔다.

「일단 청소부터 하자.」

오랫동안 쓰이지 않은 방이라 쌓인 먼지가 맨눈으

로도 보였다. 연호는 청소기를 돌리고 소희는 창문을 열어 빈백의 먼지를 털었다. 청소를 끝내고 빈백과 거울을 구석으로 옮긴 뒤에 그들은 깨끗해진 바닥 한 가운데 누웠다.

「애 낳으면 이 방 쓰라고 했는데.」

연호가 나지막이 중얼거렸다. 소희는 그때부터 이 방에 어떻게든 들어올 생각을 하고 있었다. 애 낳으면 이 방을 쓰게 해주겠다는 말을 들었을 때부터. 결혼도 안 하고 아이도 없는, 이 사회에 아무 기여도 하지 않는 출생률 저하 문제의 원인인 채로 이 방에 들어와 눕고 싶었다.

「계약서상으로는 여기도 우리 방이긴 하지.」

덧붙이는 말에 소희는 연호를 돌아보았다. 연호는 차분하게 말했다.

「계약은 이 집 전체를 빌리는 거로 했잖아.」

소희는 고개를 끄덕였다. 계약 기간에는 이 방도 그들의 방이었다. 이 집 안에서 그들은 모든 공간을 가질 자격이 있었다. 연호가 조심스레 말을 꺼냈다.

「나 이 방에서 하고 싶은 거 있어. 네가 물어봤을 때 이후로 생각해 봤거든.」

「그래?」

「지금 옷방이랑 서재를 같이 쓰잖아. 저 방은 옷방으로만 쓰고 서재를 여기로 분리하는 거야. 옷 냄새랑 책 냄새랑 섞이지도 않고, 책장도 더 많이 살 수 있고. 그러면 저기보다는 더 서재처럼 보이지 않을까? 저기서는 책을 읽어도 창고에서 읽는 것 같달까.」

기다렸단 듯이 말하는 연호 옆에서 소희는 두 달 전을 떠올렸다. 문고리가 잠겨 안방에 갇혔던 날 업자가 오기까지 오랜만에 편안함을 느꼈다. 문 너머에 보호자가 있고 내 영역에는 누구도 오지 않는 상태. 그때부터 방이 하나 더 필요하다고 생각해 왔다. 같이 자는 침실과 같이 쓰는 옷방 겸 서재 외에, 용도도 없고 이름도 없는, 그저 한 시간만 혼자 있을 수 있는 방이.

「나는 그냥 누워 있기만 해도 괜찮을 것 같아. 아무것도 없이.」

소희는 창밖의 밤하늘을 보면서 중얼거렸다. 연호가 선선히 대답했다.

「그래, 그것도 좋지.」

누워 있으니 형광등 때문에 눈이 부셨다. 소희는 몸을 일으켜 불을 끄고 다시 누웠다. 두 사람은 침묵 속에서 어둑한 천장을 바라보았다. 연호는 이 방을 어떻게 서재로 인테리어할지 생각하고 있을까. 여기서 일인용 체어에 앉아 책을 읽는 상상을 하고 있을지도 몰랐다. 하지만 그럴 수 없다는 걸 소희는 잘 알았다. 이곳에는 책장이나 책과 체어 같은 그들의 물건은 하나도 둘 수 없으니까. 연호에게 말할 수는 없지만 소희는 그게 더 좋았다. 무용(無用)한 공간이 있을 수 있다면 그건 이 방이어야 했다. 소희는 주머니에 넣어 둔 열쇠를 더듬어 보았다. 홈이 파인 음각의 촉감이 선명했다. 이 열쇠는 당분간 그들에게 있을 것이다. 이 집에 머무르는 동안에는.

이웃들

어두운 건물 복도에 앉아 아는 얼굴들을 떠올렸다. 같은 동네에 사는 고등학교 동창. 지금은 남자 친구와 동거 중이다. 회사 근처에서 자취하는 주임님. 나를 초대해 준 적은 있지만 재워 주지는 않았다. 오늘처럼 회식이 자정 넘어 끝난 십이월의 겨울밤에도. 차로 삼십 분 거리에 사는 같은 과 언니. 연락을 안 한 지 일 년쯤 되었다. 세 손가락을 접었다 편 손을 패딩 주머니에 넣었다.

주머니 안에서 커터 칼이 잡혔다. 문구용이어서 얇은 비닐 정도나 자를 수 있지만 빈손보다는 낫다는 생각이 들었다. 날을 올렸다 내리고 있을 때 계단을 올라오는 소리가 들렸다. 복도의 불이 켜지고 갓 스물쯤 돼 보이는 여자가 복도로 들어오려다 멈춰 섰다.

나와 눈이 마주친 뒤 그대로 돌아서서 계단을 내려갔다.

불이 다시 꺼졌다. 어디로 가는 걸까? 암흑 속에서 202호와 203호, 204호의 현관문을 보며 생각했다. 이 중 한 곳에 사는 사람일 텐데. 하긴 휴대폰과 지갑이 있다면 어디든 갈 수 있을 것이다. 원룸 복도에서 커터 칼을 든 사람을 발견하고 돌아선 여자가 나보단 나은 처지였다. 도로 바닥에 앉아서 내 앞에 있는 201호의 현관문을 바라봤다.

십 분 전만 해도 나는 저 안에 있었다. 새벽 한 시쯤 집 안에 들어서자마자 가방과 휴대폰을 내려놓고 수납장에서 돌돌 말린 비닐을 꺼냈다. 이번 겨울에도 웃풍을 막기 위해 창문에 붙이고 남은 에어 캡이었다. 택배 박스 안에 에어 캡을 깔고 모서리 부분을 커터 칼로 그어서 기포를 빼자 어느 정도 모양이 잡혔다. 밖으로 나와서 건물 입구에 주차된 차 뒤에 박스를 두었다. 차 아래 숨어 있던 고양이들이 눈치를 보다가 한 마리씩 박스 안으로 들어갔다. 패딩 주머니에 들어 있던 아직 온기가 남은 핫 팩을 넣어 주고 건물로 들어와 계단을 올랐다. 집에 가면 내일 오전 미팅의 프레젠테이션을 위해 피피티를 검토해 본 뒤에 씻고 나서 바로 잠들 계획이었다. 그러니까 나는 이 평범한 하루를 마치기 전 오며 가며 보았던 길고양이들에게 집을 만들어 주려던 것뿐이었다. 기온이 올겨울 처음 영하로 떨어진다는 오늘 밤만이라도 무사히 보낼 수 있는 작은 공간 한 칸을.

집 앞으로 돌아왔을 때 나는 새로운 사실을 알게 되었다. 도어록은 비밀번호가 틀렸다는 경고음을 네 번 울리고 나면 이런 음성이 나온다는 것. 비밀번호를 다섯 번 틀리면 오 분 동안 시도할 수 없습니다. 그건 같은 숫자를 네 번 눌렀는데 실패했다면 다른 숫자를 눌러 봐야 한다는 뜻이다. 나에게는 다른 숫자가 없었다. 이십여 년 전 초등학생 때 좋아했던 아이돌 가수의 생일 네 자리를 통장 비밀번호로도 만들고 온갖 사이트에 가입할 때 쓰고 이 집에서도 이 년 가까이 눌러 왔다. 지금은 어떻게 사는지도 모르는 사람의 생일을 다섯 번째까지 눌렀다는 이유로 차가운 바닥에 앉아 오 분이 지나가길 기다려야 하는 것이었다.

다시 센서 등이 꺼졌지만 내버려두었다. 손에 입김을 불면서 어둠에 적응하려고 눈을 깜빡였다. 복도 끝에 달린 창문으로 맞은편 건물의 불빛이 들어와 눈앞의 내 현관문만 희미하게 볼 수 있었다. 시야가 어두워지자 202호부터 204호까지의 소리가 더 잘 들렸다. 나지막한 텔레비전 소리와 이를 닦고 물을 트는 소리, 이불을 바스락거리는 소리. 컴컴하고 서늘한 복도에 앉아서 문 너머 사람들이 하루를 정리하는 소리를 듣고 있으니 언젠가 케이블 채널에서 보았던 저예산 공포 영화의 도입부에 놓여 있는 것 같았다. 나는 공포 영화를 즐겨 보지 않았다. 감독이 정해 놓은 대로 휩쓸리다가 비극을 맞는 캐릭터들을 보면 나까지 아무것도 할 수 없을 것 같은 기분이 들곤 했다. 비밀번호가 세 번째 안 맞았을 때까지는 안 맞는 원인에 집중했지만 이제는 아니었다. 지금 내가 할 일을 생각해야 했다. 오 분이 지나면 한 번만 더 시도해 보고 옆 건물의 주인집을 찾아갈 마음을 먹었다.

그러나 복도가 너무 조용해서인지 자꾸 여러 가지 생각이 떠올랐다. 예를 들면 또 다른 사람이 나타나는 것과 이대로 아무도 나타나지 않는 것 중 어느 쪽이 더 나쁠지에 대해서.

몇 층이라고요?

이 층이요.

아래에서 누군가 두런거렸다. 두 사람이 계단을 올라오는 발걸음 소리가 들렸다.

무슨 문제 있으십니까?

순경 두 명이었다.

도어록이 안 열려서요.

신고가 들어와서 확인 좀 하겠습니다. 여기 사는 분이세요?

네. 옆 건물에 집주인분들이 사시는데 절 알아요.

두 명 중 뒤에 서 있던 순경이 계단으로 가서 아래 층에 대고 말했다.

여기 세입자시라는데요. 확인해 보시겠어요?

또 두 명이 걸어 올라오는 소리가 들렸다. 그들은 집주인 부부가 아니었다. 한 명은 몇 분 전에 여길 나 갔던 여자였고 한 명은 처음 보는 젊은 남자였다.

여기 사신다고요? 주인집 아들인데 저는 처음 뵙 네요.

아주머니랑 아저씨가 저를 아세요.

지금 나트랑 가셨는데. 잠시만요.

남자가 휴대폰을 꺼내 전화를 걸었다. 마른 체격에 앞머리가 덥수룩해 키만 자란 소년처럼 보이는 얼굴 이었다. 순경 두 명과 낯선 여자와 집주인 아들과 좁 은 복도에 서서 길어지는 신호음을 듣는 동안 나는 아 주머니와 아저씨의 이름을 떠올리려고 애썼다. 휴대폰 연락처에 저장된 에덴 아주머니, 에덴 아저씨의 진짜 이름을. 모두가 가만히 있어서 복도의 불이 꺼지자 순경이 박수를 짝 쳤다. 남자는 전화를 끊고 다른 번호로 걸었지만 마찬가지였다.

두 분 다 안 받으시네요. 거기도 밤이어서 그런가.

남자가 난처한 표정을 짓고 나를 흘깃거렸다. 순경 중 한 명이 사무적으로 물었다.

무기를 소지하고 계십니까?

무기요? 이거요?

주머니에서 커터 칼을 꺼내자 정적이 흘렀다.

신분증 좀 보여 주시겠습니까?

순경이 한 걸음 다가왔다. 나는 불이 깜빡깜빡하는 복도에 서서 다 말했다. 자동차 밑에서 떨고 있던 길고양이들과 갑자기 비밀번호가 맞지 않는 도어록과 내 신분증이 이 문 안에 있다는 것까지. 모든 일을 줄줄이 설명하자 어쩐지 아주 우스운 이야기처럼 들렸다. 나를 빤히 바라보던 순경이 입을 열었다.

옆집에 아는 분이 있으세요?

누구요?

선생님이 여기 201호에 산다는 걸 증명해 주실 분이요.

순경 뒤에 서 있던 여자와 눈이 마주쳤다. 여자는 그들을 비집고 나왔다.

저는 들어가도 되죠?

선생님은 저분을 뵌 적 없으신 거 맞습니까?

순경이 여자에게 확인했다. 여자는 고개를 끄덕이고 204호로 들어가 버렸다. 집주인 아들이라는 사람은 여전히 나를 미심쩍어하는 표정으로 흘긋대면서 누군가에게 문자를 보냈다. 스마트폰 액정을 두드리는 소리만 나는 중에 순경이 다시 물었다.

선생님. 이 건물에서 신원을 보장해 주실 분이 계십니까? 옆집이 아니라 여기 사는 누구라도요.

복도는 조용했다. 세탁기나 헤어드라이어가 돌아가는 소리, 샤워기 소리도 이제는 들리지 않았다. 둘 중 하나일 것이다. 자고 있거나, 복도의 대화를 듣고 있거나.

원룸 살면서 누가 옆집이랑 안면 터놓고 살겠어요. 저분도 처음 보는데요.

순경이 한숨을 쉬었다. 나는 입을 다물었다.

*

　작년 여름 뉴스에서는 예년에 비해 선선한 편이라
고 말했다. 그런데 왜 나는 매 여름이 더울까? 지은 지
이십 년도 훌쩍 넘은 원룸은 해가 져도 열기가 빠지지
않았고 나는 퇴근 이후에는 에어컨을 틀고 쉬다가 열
한 시가 넘으면 줄넘기를 가지고 밖으로 나왔다. 삼
십 분 동안 땀을 뺀 뒤 찬물로 샤워하고 나면 선풍기
만 틀고 잠들 수 있었다. 초여름부터 건물 입구 옆에
서 줄넘기를 했는데 그 시간에는 드나드는 사람도
적었고 누가 지나가더라도 못 본 체했다. 이런 곳에
사는 사람들끼리는 서로 투명인간 취급을 하는 게 일
반적이니까. 나를 보고 멈춰 선 세입자는 송이 처음
이었다.

　송은 멀끔한 차림에 백팩을 메고 있었다. 남자치고
도 키가 큰 편이었는데 어깨가 좁고 호리호리해서 흰
셔츠에 카키색 바지를 입은 모습이 잘 다듬은 대파처
럼 보였다. 송은 입구로 들어서려다가 나를 물끄러미
바라보았다. 나는 정면을 보면서 줄을 꽉 쥔 채 줄넘
기를 했고 송은 금방 들어가 버렸다. 그러더니 몇 분
이 지나지 않아 도로 나왔다. 트레이닝복으로 갈아입

고 줄넘기를 들고서. 그를 보자마자 나는 줄에 발이 걸렸다.

「옆에서 같이해도 돼요?」

그게 송이 나에게 건넨 첫 마디였다. 순간 당황했으나 안 된다고 할 수는 없었다. 대신 두어 걸음 정도 물러섰다.

「너무 가까우면 안 돼요.」

송은 성인 남자가 팔을 벌린 너비 정도의 거리에 섰다. 줄넘기를 하는 두 사람 사이에 적절한 거리였다. 줄넘기의 손잡이에는 SONG이라는 글자가 테이프로 붙어 있었는데 원래 그런 제품인 건지 그가 붙인 건지는 알 수 없었다. 그와 나는 몇 분 동안 말없이 줄넘기를 했다. 줄이 허공을 가르고 땅으로 곤두박질치는 소리가 번갈아 울렸다. 삼십 분을 채우고 줄을 손에 감자 송도 멈춰 서서 물었다.

「매일 하세요?」

「거의요.」

「몇 시에요?」

「왜요?」

「저도 늘 줄넘기를 하고 싶었는데 못 하고 있었거든요. 밖에서 혼자 하기 그래서요.」

밖에서 혼자 잘할 것 같은데. 그렇게 말하는 대신 열한 시쯤 나온다고 대답했다. 송은 고개를 꾸벅 숙인 뒤 건물로 들어가 계단을 내려갔다.

다음 날 밤 열한 시, 스트레칭을 하고 있을 때 송이 나왔다. 우리는 간단한 눈인사를 나눈 뒤 적당한 거리를 띄우고 섰다. 전날과 달리 송은 사이사이에 가위표 뛰기, 이단 뛰기와 내가 모르는 줄넘기 기술로 줄넘기를 열띠게 했다. 그동안 못한 기술을 다 하려는 것 같았다. 내가 언제나처럼 일단 뛰기만 하는 동안 현란한 줄넘기 소리가 귓전을 때렸다.

송은 줄넘기가 쉽고 편하면서도 재밌다고 했다. 지루해지면 다른 기술로 변주를 줄 수 있으니까. 줄넘기 기술이 쉰 개도 넘는다는 걸 나는 송에게 처음 들었다. 가위바위보 뛰기, 뒤로 뛰기, 엇걸어 뛰기, 옆떨쳐 앞으로 뛰기……. 내가 줄넘기를 하는 이유는 단지 열대야를 빨리 보내기 위해서였다. 열대야가 아닐 때는 침대에 누워 유튜브를 봤다. 혹은 과자를 까먹거나 벽지의 무늬를 세어도 괜찮았다. 천장을 보면서 이런저런 생각을 하기도 했다. 돈을 많이 벌면 스키를 타러 다녀야지. 미슐랭 식당에도 가보고 마카롱 만들기 원데이 클래스도 들어야지. 그러나 월급이 차

곡차곡 모여도 나는 늘 에덴빌 201호의 침대에 누워 있었다.

「저는 B101호예요.」

십 분 동안 줄넘기를 하고 잠깐 쉬는 시간에 송이 말했다. 삼 초쯤 뒤에야 나는 그가 말한 게 이름이나 별명이 아니라 집 호수라는 것을 알아차렸다.

「소행성 B612도 아니고 사람 사는 집의 호수가 B101호라니 웃기지 않아요?」

내가 보기에 웃긴 건 송이 내 아랫집에 산다는 거였다. 나는 아래층 사람에게 피해를 주지 않으려고 줄넘기를 밖에서 해왔다. 그런데 정작 그 아랫집 사람은 내가 줄넘기하는 동안 옆에서 같이 줄넘기하고 있다니. 하지만 그가 밖에 있다고 내가 집 안에서 줄넘기를 할 수는 없었다. 내가 집에 있으면 그도 자기 집에 있을 테니까. 결국 송과 나는 매일 밤 11시에 다세대 주택 앞에서 같이 줄넘기를 해야 하는 것이었다.

「왜 혼자서는 못하는데요?」

나는 충동적으로 송에게 물었다. 송은 당연하단 듯이 대답했다.

「무섭잖아요.」

「뭐가요?」

「밤중에 혼자 줄넘기하고 있는 남자를 보면 사람들이 무서워하지 않을까요? 저도 밤에는 지나가는 사람들이 무서워요. 갑자기 누군가 다가와서 무슨 일이 일어날 것 같고. 안 그래요?」

「영화를 너무 많이 봤네요.」

「그건 그래요. 저는 게다가 공포 영화를 정말 좋아하거든요. 매일 밤 자기 전에 봐요.」

「영화는 안 무서워요?」

「무섭죠. 무서워서 이 집이 안락하게 느껴지고, 여기가 안전지대인 것 같은 그 기분이 좋아요. 영화 속에선 사람들이 죽고 다쳤지만 여기선 아무 일도 일어나지 않으니까.」

그는 공포 영화를 줄넘기만큼 좋아해서 이후로도 종종 공포 영화 예찬론을 펼쳤다. 엑소시스트와 악마의 씨, 히치콕 영화부터 아리 에스터나 조던 필에 이르기까지 공포 영화의 역사를 줄줄 꿰었다. 전반부는 코미디, 후반부는 스릴러였던 한국 영화도 후반부만 돌려 봤다. 반지하도 아니고 진짜 지하에 사는 사람이 있잖아요, 그것도 몰래 숨어서! 더 불행한 사람을 보고 행복을 느끼는 건 악취미라고 지적했더니 송은 인정하면서도 한마디를 더 했다. 그건 영화

속 가상 인물이잖아요. 진짜로 여기 살고 있는 건 나고. 어쨌든 나는 그 영화를 보고 악몽을 꾸어서 더 이야기하고 싶지 않다고 말하자 송은 흥미를 보였다.

「어떤 꿈이었는데요?」

「지하실에 사는 아저씨랑 마주쳐서 도망가는 꿈이었어요.」

「그런 꿈이라면 겁낼 필요 없어요.」

「왜요?」

「우리는 그런 지하실이 있는 대저택에 살지 않으니까요.」

요즘도 나는 송이 했던 말을 생각하곤 했다. 그를 지적했던 일이 무색하도록 가끔은 다행이라는 생각도 들었다. 내가 대저택에 사는 사람도 아니고 지하실에 사는 사람도 아니라는 게. 지상에서 반 층 위에 있고 누군가 숨을 공간도 없이 비좁은 에덴빌 201호가 나에게 적당한 집처럼 느껴졌다.

그 후 우리는 가끔 시시콜콜한 이야기들을 나누었다. 어느 커플이 우리를 보면서 지나갈 때, 봐요, 같이 하니까 덜 창피하죠? 했던 것 정도. 아뇨, 같이하니까 더 창피한데요, 라고 대꾸했던 것까지. 그러고는 각자의 운동에 열중했다. 서로의 이름도, 나이도, 연락처도 모르는 채로 매일 밤 만나서. 서로를 불러야 할 때 나는 송을 B101호님이라고 불렀고 송은 나를 201호님이라고 불렀다.

하루이틀 빠질 때도 사유를 설명할 필요가 없었다. 운동을 마칠 때 내일은 못 나와요, 라고만 말했다. 못 나간 날 밤 침대에 누워 있으면 간간이 트럭 지나가는 소리가 들렸고 이 시간에 줄넘기를 하지 않고 있다는 게 낯설게 느껴지는 순간도 있었다. 그럴 때는 한 번씩 조용히 귀를 기울여 보았다. 아래에서 뭔가가 깨지는 소리나 쿵 하는 소리가 희미하게 들려오는 것 같았다. 가끔 움찔할 때마다 그가 공포 영화를 자주 본다는 사실을 상기하곤 했다. 그러면 안심이 되었다.

팔월 말쯤 송은 다다음 주에 이사할 거라고 말했다. 그렇군요. 나는 아무것도 묻지 않고 대답했다. 그리고 줄넘기를 했다. 다음 날도, 그다음 날도. 송의 이사 전날 밤 운동을 마친 뒤 송이 먼저 입을 열었다.

「201호님은 앞으로도 계속하실 거죠?」

「그러겠죠.」

거짓말이었다. 날이 선선해져서 운동할 필요가 없어졌다고 생각하던 때였다. 운동은 더운 밤을 견디려고 시작했던 거니까. 송은 줄넘기를 손에 감으면서 말했다.

「저 여기 사는 사람이랑 알고 지낸 거 처음이었어요. 201호님은 저 말고 있었어요?」

「아니요. 옆집 사람도 얼굴도 몰라요.」

내가 202호에 대해서 아는 건 가래가 낀 듯한 기침 소리였다. 그리고 재채기 소리, 코를 푸는 소리. 천식이 있는 게 분명하고 여름에도 감기에 잘 걸리는 사람이었다. 한참 기침 소리가 난 뒤에는 선풍기보다 시끄러운 기계음이 들렸는데 아마 공기 청정기인 것 같았다. 그 공기 청정기가 우리의 월세보다 비쌀까 궁금했던 적도 있었다. 이걸로 내가 202호를 안다고 할 수 있나. 송이 가고 나면 나는 다시 이 원룸에서 아무도 모르고 지내게 될 거였다.

「그런데 웃기지 않아요?」

「또 뭐가요.」

「101호가 없잖아요. B101호랑 201호는 있는데.」

「반지하가 있는 집들은 다 그렇죠. 201호도 사실 이 층이 아니라 일 점 오 층에 있는 거예요.」

「그럼 101호는 B101호랑 201호 사이 어딘가에 있는 거네요. 여기?」

송은 우리가 서 있는 땅을 가리켰다. 우리의 머리 뒤에 201호 창문이 있었고 종아리 뒤에 B101호 창문이 있었다. 그러네요. 나는 운동화 끝으로 땅을 툭툭 치면서 대답했다. 그 대화가 마지막이었다. 우리는 각자의 집으로 들어갔다. 송은 반 층 아래로, 나는 반 층 위로.

다음 날 퇴근해서 돌아오는 길에 분리수거장에서 낡은 줄넘기를 보았다. 손잡이에 붙은 SONG이라는 글자 테이프가 너덜너덜했다. 그게 그의 성인지, 이름인지, 별명인지, 회사명이나 제품명인지 알 길이 없어졌다. 좋아하는 것 하나를 버린 그가 앞으로 뭘 하면서 여름밤을 보낼지도. 이사 가는 집은 몇 호인지만이라도 물어볼 걸 그랬나 싶었다. 소행성 B101호를 떠나서 어디로 가는지. 이 넓은 우주에 우리가 살 수 있는 곳은 얼마나 적은지 이야기해 봐야 했는데.

나는 정말 그에 대해 아는 게 없었다. 그도 나에 대해서 전혀 몰랐다. 이름이 뭐고, 나이는 몇 살이고, 무슨 일을 해서 월세와 관리비를 어떻게 내는지. 하지만 어떤 면에서는 나에 대해 가장 잘 아는 사람이 송이었다. 송은 내가 언제 샤워를 하고 드라이기를 쓰는지, 몇 시에 알람을 끄고 세탁기를 며칠에 한 번 돌리는지도 알았고, 주말에는 고양이가 나오는 유튜브 영상을 자주 본다는 것도 알았다. 내가 발을 딛고 선 바닥과 송의 머리 위에 있는 천장이 너무 얇아서였다.

그 외에도 송이 나에 대해 알게 된 몇 가지가 있었다. 예를 들면 나는 공포 영화를 본 날 밤에는 꼭 악몽을 꾸었다. 다리는 튼튼한데 기관지가 약해 줄넘기를 십 분 하면 잠깐 쉬어야 했다. 그럴 때는 담배 생각이 절실해서 무설탕 사탕을 하나씩 까먹었다. 일주일에 사십 시간 이상을 함께 보내는 직장 동료들은 전혀 모르는 것들이었다.

무엇보다도 송은 내가 에덴빌 201호에 산다고 증명해 줄 수 있는 사람이었다. 송이 이사를 가지 않았더라면 나는 처음으로 일곱 개의 계단을 내려가서 B101호를 두드렸을 것이다. 남색 트레이닝복을 입은 사람을 가리키면서 당당하게 이 사람이 나를 안다고 말했을 수도 있었다. 하지만 작년 여름에 매일 밤 같이 운동을 했다는 것조차 이제는 나만의 기억이다. 줄넘기와 사탕 몇 개만 들고나오는 나에게 생수와 휴대용 선풍기와 캐러멜 같은 것들을 건넸던 그 손도. B101호에 살았던 사람이 나를 알았고, 나는 그 사람의 나이는 모르는데 나보다 어린 건 분명하다고, 그래도 끝까지 존댓말을 썼지만 속으로는 아래층에 사는 동생으로 여겼다고, 이 사람들에게는 말할 수 없게 되었다.

*

마스터키 있으시죠. 이 문만 열어 주시면 신분증 보여 드릴 수 있어요.

내 말에 남자는 마스터키는 있는데, 하고 말을 흐렸다. 그리고 순경들에게 물었다.

만에 하나라도 여기가 이분 집이 아니면 저는 주거 침입으로 걸리는 거 아니에요?

순경들은 엉거주춤 고개를 끄덕였다. 그건 그렇죠.

남의 집을 이렇게까지 들어가려고 할 리가 없잖아요.

나도 모르게 목소리를 높였으나 그는 한결같이 차분했다.

남의 집을 이렇게까지 들어가려는 사람이 있더라고요. 저도 알고 싶지는 않았는데요, 저희 집이 원룸 건물만 다섯 채를 관리하다 보니까요.

저기, 저희가 계속 여기 있을 수는 없습니다.

순경 중 한 명이 끼어들었다.

서로 가주시든가, 주민 등록 번호라도 불러 주시면 신원 조회를 해드리겠습니다.

순경이 무전기에 대고 말했다. 여기 신원 조회 좀 부탁합니다. 나는 군말 없이 열세 자리의 숫자를 읊었다. 잠시 뒤 무전기 너머에 있는 사람이 말했다. 깔끔한데요. 전과 없고. 지지직거리는 잡음이 섞인 목소리였다. 당연한 말인데도 안도감이 들었다. 순경들이 가기 전에 남자는 한 번 더 물었다.

이분이 세입자라는 걸 확인하기 전에는 문을 열어 드리면 안 되는 거죠? 신원과 상관없이요.

뭐…… 그렇죠. 원칙적으로는.

순경이 고개를 끄덕이고 덧붙였다. 혹시 무슨 일이 생기면 신고하세요. 걱정하지 말라는 듯이 남자에게 말했다. 그리고 계단을 내려갔다.

적적한 복도에 남자와 둘이서 남겨졌다. 패딩에서는 아직도 기름 냄새가 났다. 왜 이 회사는 매번 통풍도 안 되는 삼겹살집에서 회식을 하는지 이해가 되지 않았다. 역시 이런 날 회식에 참석한 것부터가 문제였다. 애초에 술도 마시지 않고 몇 시간 동안 소리 질러 가며 건배 제의를 하지도 않고 회사 일만 마친 뒤

퇴근했다면. 아니, 사실 고양이들에게 박스를 주러 내려가지 않았다면 지금쯤은 침대에 누워 있을 것이다. 그 생각을 하고는 혀를 깨물었다. 그걸 후회하다니.

저희 집에 계약서가 있을 거예요. 그걸로 주민 등록번호랑 연락처를 맞춰 볼까요?

남자가 제안했다.

그의 집, 그러니까 주인집은 에덴빌 옆의 삼 층짜리 단독 주택이었다. 에덴빌에서 볕이 잘 들지 않는 방은 주인집 쪽으로 창문이 난 방이었다. 나는 월세가 이만 원 더 비싸고 창문이 가려지지 않은 방을 택했다. 그때 나는 그런 점들을 중요하게 여겼다. 풍부한 채광. 침대를 놓고도 줄넘기를 할 수 있는 여유 공간. 저렴한 월세. 대신 이곳은 CCTV가 없었다. 중개업자는 이 동네가 치안이 아주 괜찮은 편이고 특히 이 집은 경찰서가 코앞이라고 했다. 아주머니도 옆에서 거들었다. 조만간 CCTV를 달 거라고. 정말 그렇게 했다면 그 CCTV에는 내가 이 년 동안 이 건물을 드나든 기록이 남아 있었을 것이다. 그러면 신원 조회를 할 필요도 없고 주인집에 갈 일도 없었을 텐데.

CCTV는 언제 달아 주시는 거예요?

계단을 내려가면서 물었다. CCTV요? 반문하는 남자에게 아주머니가 했던 말을 전했다. 남자는 음, 하고 말을 골랐다.

CCTV는 생각보다 설치비랑 유지비가 많이 들어요. 다른 건물에는 달아 놨는데 그래서 여기보다 관리비가 더 비싸죠.

여기만 안 단 거예요?

에덴빌은 아주 오래된 건물이에요. 제가 태어나기도 전부터 있었어요. CCTV는 건물을 지을 때 달아야 편한데 에덴빌이 지어질 땐 그렇게 할 수가 없었대요.

밖으로 나왔을 때 남자는 주머니에 손을 꽂은 채 적갈색 벽돌 건물을 돌아보았다.

여기는 너무 낡아서 관리하기 힘드니까 정리하자고 여러 번 말했는데 안 들으시네요. 다섯 채 중에 월세는 제일 적게 나오는데 클레임은 제일 많거든요. 그래서 여기 세입자들하곤 거의 안면을 텄는데.

남자가 고개를 갸웃했다.

그쪽은 정말 처음 보네요. 엄마한테 얘기는 들어 봤는데.

제 얘기요?

그냥, 에덴빌 201호는 귀찮게 하지는 않는다고요. 순하다고 했나? 참하다고 했나.

나는 클레임을 잘 걸지 않았다. 작년 겨울에 세면대 수도꼭지가 터졌을 때 아주머니에게 부탁해 수도를 교체한 게 전부였다. 그건 내가 순해서도, 참해서도 아니었다. 그런 게 좋은 세입자라고 믿었기 때문이다. 별일 아닌 문제로 집주인을 부르지 않고 스스로 해결할 수 있는 건 알아서 하려고 하는. 이웃에게 아무것도 묻지 않는 것 역시 이런 곳에서는 그런 게 암묵적인 배려라고 생각했다. 옆집의 우당탕하는 소리를 못 들은 척하는 것도, 절뚝거리며 계단을 올라오는 사람을 그냥 지나치는 것도. 편의점 아르바이트생에게 좋은 손님은 안 오는 손님인 것처럼 없는 듯 사는 세입자가 좋은 세입자고 없는 듯 사는 사람이 서로에게 편한 이웃이라고. 그 정도의 거리를 지켜야 각자의 줄을 넘을 수 있으니까 말이다. CCTV의 붉은 빛이 번쩍이는 단독 주택 문 앞에서 남자의 휴대폰이 울렸다. 그는 전화를 받더니 나에게 휴대폰을 건넸다.

아주머니. 저 에덴빌 201호예요. 작년 겨울에 수도꼭지 교체해 주셨잖아요. CCTV 달아 준다고도 하셨어요. 하나 부동산에서 계약할 때요.

그랬어요? 내가 말해 놓을 테니까 어서 문 열어 달라고 해요.

수화기 너머 번화가의 활기찬 소음이 목소리에 섞여 들렸다. 휴대폰을 돌려주자 남자는 몇 마디를 더 나누었다.

거기도 밤 아니야? 왜 아직까지 밖에 있어. 공연? 이제 끝났어? 무슨 마사지를 지금 받으러 가. 알았어. 끝나면 바로 호텔 들어가서 주무셔.

그가 마스터키를 가지러 주택 안으로 들어갔다. 나는 문 앞에 서서 기다리며 집에 들어가면 할 일을 생각해 놓았다. 일단 패딩과 니트, 모직 바지와 양말을 벗는다. 뜨거운 물로 샤워를 하고 이를 닦는다. 머리를 말리고 내복과 수면 잠옷을 입는다. 노트북을 켜서 피피티를 검토한다. 불을 끄고 침대에 누워 포근한 이불을 덮는다. 다섯 시간쯤 잘 수 있겠지. 그 정도면 충분했다. 아침 일곱 시부터는 오늘 일이 아무것도 아니었던 것처럼 내일의 하루를 시작할 수 있었다. 겨울밤의 추위 속에서도 이제야 마음이 조금씩 안정되는 것을 느꼈다. 대문이 열리고 남자가 나왔다. 빈손이었다.

못 찾겠네요. 엄마는 또 전화도 안 받고. 밤에는 돌

아다니지 말고 빨리빨리 들어가시지 좀.

남자는 귀찮다는 듯이 머리를 헝클어뜨렸다. 그러더니 창고라도 가보겠다면서 도로 들어갔다. 어떡하지. 얼어 가는 손을 매만지며 중얼거렸다. 남자에게 돈을 빌려서 모텔에 갈까. 아니면 택시비를 빌려 일단 과 언니네 집에 가볼까. 그사이에 다른 곳으로 이사라도 했다면. 어쩌다가 연락이 끊겼던 거였지? 하얀 입김이 허공에 퍼졌고 날 선 바람에 귀가 아렸다. 더운 나라에서 베드에 누워 마사지를 받고 있을 아주머니를 생각했다. 아늑하게 어두운 조명과 포근한 매트리스와 조용하고 선선한 방. 나는 다른 곳으로 가고 싶지 않았다. 집으로 가고 싶었다. 남자가 대문을 열고 나왔다.

창고에도 없네요. 도어록 기사를 불러 드릴까요? 이십사 시간 하는 데는 좀 멀어서 시간이 걸릴 텐데.

얼마나 걸려요?

이 시간에 불러 본 적 없어서 모르겠어요. 문을 부술 수도 없고……

남자가 멈칫했다. 그리고 에덴빌 쪽으로 걸어가서 창문에 달린 방범창을 두드렸다. 알루미늄 창살에서 깡, 깡, 속이 텅 빈 소리가 났다.

왜 이 생각을 못 했지. 창문도 문이잖아요.

남자가 주택에 들어가서 공구함과 접이식 의자를 가지고 나왔다. 나는 영문도 모른 채 남자를 따라갔다. 남자는 씩 웃더니 에덴빌 앞에 의자를 펼쳐 그 위에 올라섰다. 정확히 말하면 201호와 B101호의 창문 앞에. 이곳을 101호라고 불렀던 그때처럼 발치에는 B101호의 창문이 있고 201호의 창문은 남자의 얼굴 앞에 있었다. 그는 공구함에서 휴대용 절단기와 망치를 꺼냈다. 그리고 팔을 뻗어 절단기로 201호 방범창의 창살을 끊었다. 일 분도 안 돼서 창살 하나가 끊어졌다. 나는 고개를 돌려 주변을 둘러보았다. 어두운 골목에는 가로등 몇 개만 켜져 있었고 지나다니는 사람은 하나도 없었다. 남자는 작은 소리로 노래를 흥얼거리면서 잘린 창살을 꺾어 뽑아냈다. 그러다 갑자기 말했다.

예전에도 그런 사람이 있었어요.

저 같은 사람이요?

세입잔데 비밀번호를 잊었다고 했고, 월세랑 관리비는 얼마고 내는 날이 언제인지도 다 알더라고요. 별생각 없이 마스터키로 열어 줬죠.

방범창이 원래 없었던 것처럼 창문 앞이 텅 비었다.

그가 창살을 모아 바닥에 내려두고 방충망을 열면서 말을 이었다.

그 사람은 세입자 전 남자 친구였고. 진짜 세입자는 이 주 동안 입원했어요.

추위와는 다른 한기가 끼쳤다. 남자는 방충망 뒤의 창문을 밀었으나 창문에는 잠금장치가 걸려 있었다. 그가 나를 돌아봤다.

잠가 두셨네요. 잘하셨어요. 역시 안전이 최고죠.

남자는 망치를 들어 스테인드글라스 창문을 깼다. 창문이 깨지는 소리가 쩽하게 골목에 울렸다. 이 사람은 어떻게 이런 방법을 생각했지? 이게 되면 안 되는 거 아닌가. 방범창이 이렇게 잘리고 창문이 깨지면 안 되지 않나. 잠긴 집 안으로는 들어갈 수 없어야 하잖아. 머리가 어지러웠다. 남자는 한 번 더 창문을 내려쳤다.

이건 뭐예요?

그가 깨진 창문 안의 두껍고 불투명한 비닐을 가리켰다.

단열 에어 캡이에요. 창문에 붙이는.

집에 가서 가위를 가져와야겠네요.

남자가 의자에서 내려왔다. 나는 거기에 대신 올라

서면서 말했다.

그럴 필요 없어요.

주머니에서 커터 칼을 꺼냈다. 겨울을 맞을 때 창틀 전체를 덮도록 꼼꼼히 붙였던 에어 캡에 흠집을 내고 쭉 찢었다. 그 틈으로 손을 넣어 잠금장치를 해제했다.

다행이네요. 이럴 줄 알고 가지고 계셨던 거 아니에요?

남자가 농담했다. 그때 그의 휴대폰이 울렸다. 내가 창틀에 손을 짚고 올라서 안으로 넘어가는 동안 뒤에서 남자는 통화를 했다.

마사지 끝났어? 여긴 다 해결됐어. 마스터키는 아닌데…… 그거랑 비슷해.

방 안으로 넘어와 창밖을 내다보았다. 그가 접이식 의자와 공구함을 챙기면서 말했다.

창문이랑 방범창은 내일 원상 복구해 드릴게요. 비용 정산해서 문자로 넣어 드릴 테니까 다음 달 월세에 같이 주시면 돼요.

그는 잘린 창살을 흔들며 인사하고 멀어졌다. 나는 신발을 신은 채로 집 안에 서서 잠시 창틀 위에 손을 올린 채 그대로 서 있었다. 집에 들어와서 할 일을 모두 생각해 놓았는데 어떤 게 첫 번째였는지 기억이 나지 않았다. 뒤를 돌아보니 익숙한 벽지와 가구와 각종 물건이 눈에 들어왔다. 그런데도 어딘가 낯설었다. 남의 집에 몰래 들어온 것처럼. 누군가 다녀간 곳에 뒤늦게 신발을 신고 들어온 기분이었다. 앞으로 어느 때나 이 서늘한 느낌이 되살아날지도 몰랐다. 며칠이 지난 뒤 아무 일 없이 집에 들어서는 평범한 순간에도 문득문득 고개를 돌려 집 안을 뜯어보게 될지도.

일단 신발을 벗어 현관에 두었다. 깨진 창문으로 바람이 들어왔다. 남은 택배 박스를 잘라서 임시방편으로 창문에 붙였다. 잘 붙었나, 두 걸음 뒤로 물러서서 보자 창문을 가린 택배 박스의 자투리가 눈에 들어왔다. 이 집의 벽지와 비슷한 색깔이었다.

혹시 몰라서 한 번 더 보고 싶었던 피피티는 손볼 데가 없었다. 내일 미팅과 발표를 위해 사흘 동안 확인하고 또 확인하면서 만든 자료였다. 그런데 불을 끄고 침대에 누웠을 때 이상하게도 내가 회의장에 들어가지 못하는 모습이 그려졌다. 그런 일이 생기더라도 문제는 없을 것이다. 피피티는 내가 만들었지만 발표는 사수가 하고 미팅 주관은 팀장이 하니까. 오늘 회식 때 팀장은 그 미팅에서 할 일이 없는 나를 들어가게 해주는 건 그의 배려라고 말했다. 어떤 상황에서든 누군가와 안면을 트고 눈도장을 찍는 게 중요하다고. 이런 게 쌓여서 인맥이 된다고 말이다.

휴대폰에 문자 메시지가 들어왔다. 모르는 번호였다.

집주인 김정훈입니다. 무슨 일 생기면 이 번호로 연락해주세요. 잘 부탁해요.

집에 돌아가 계약서를 찾아본 모양이었다. 나는 010으로 시작하는 열한 자리 숫자를 가만히 바라보았다.

불을 끄고 침대에 누워 있으니 박스를 잘라 붙인 창문 너머로 바깥의 소리가 들려왔다. 고양이가 가냘프게 우는 소리. 빠르게 걷는 소리와 비닐봉지가 달랑거리며 패딩에 스치는 소리. 이제 술집에서 나온 듯한 사람들이 떠드는 소리.

작년 여름 송의 집에서 들렸던 어떤 소리는, 내가 틀리지 않는다면 울음소리였다. 그건 영상 기기의 음향과는 달랐다. 화면 속 배우가 연기하는 소리와도. 그래도 나는 다음날 평소와 다름없이 줄넘기를 들고 나오는 송에게 아무것도 묻지 않았다.

나는 이불을 젖히고 일어나 앉아서 불을 켰다. 책상 아래의 수납 박스를 열어 깊숙한 곳에서 줄이 칭칭 감긴 줄넘기를 꺼냈다. 손잡이에 붙은 스티커는 SO만 남아 있었고 오래되었지만 깨끗하고 튼튼했다. 딱 두 달 동안만 매일 쓴 것처럼.

이 줄넘기도, 어딘가에 있을 내 줄넘기도 올여름에는 쓰지 않았다. 밤에도 더우면 에어컨을 틀었다. 여름밤을 보내는 방법을 돈으로 사는 건 생각 이상으로 편했다. 지나가는 주민들과 눈이 마주치는 일도, 건물 입구로 들어오는 사람들이 줄에 스칠 뻔할 때 사과를 건네는 일도 없었다. 그렇게 매일 아침에 반 층의 계단을 내려가고 저녁에 반 층의 계단을 올라오면서 여기에 내 하루가 들어 있다고 생각하곤 했다. 누구에게 아는 척하고 말을 걸기에는 일곱 칸의 계단이 너무 짧다고.

오늘은 아니었다. 창문이 깨져서. 너무 많은 소리가 들려서. 잠이 오지 않아서. 나는 SO가 붙은 줄넘기를 집어 들고 일어섰다. 지금은 열한 시도 아니고 열대야도 아니지만. 201호님은 저 말고 있었어요? 송의 질문을 생각하며 현관문의 손잡이를 잡아 돌렸다. 도어록의 경쾌한 소리와 함께 문이 밖으로 열렸다.

분실

지영은 다른 사람의 캐리어를 가지고 방콕 도심의 아파트에 도착했다. 택시 기사가 트렁크에서 캐리어를 꺼내 줄 때 그제야 뒷면의 홈집을 알아차렸다. 헝겊의 갈라진 틈새에 오래된 보풀이 일어나 있었다. 손잡이에 붙은 수하물 태그의 이름은 알지 못하는 한국인이었다. 비밀번호를 눌러도 열리지 않는 자물쇠를 잡아당기고 있을 때 아파트의 출입문이 열렸다.

이 년 만에 만난 은희는 머리를 짧게 자르고 더 야윈 모습이었다. 백칠십 센티미터를 웃도는 지영보다 머리 하나가 작고 체구도 왜소해 어린 동생처럼 보였다. 은희는 지영이 괜찮은지 관찰하듯 바라보다 곧 웃었다. 안면 근육을 풀어 놓고 웃는, 안심된다는 의미의 그 웃음에는 어쩔 수 없이 심장이 내려앉았다.

방금 공항에서 짐이 바뀌었다는 사실도 잊어버릴 정
도로.

「진짜 왔네. 놀랐다, 야.」

은희가 지영의 어깨를 장난스레 툭 쳤다. 어제 만
난 것처럼 말투에 스스럼이 없었다. 지영은 진짜 왔
지 그럼, 대꾸하고는 목덜미를 훔쳤다. 은희는 땀에
젖은 지영의 이마를 보면서 말했다.

「여기가 너무 더우니까. 너 더위 많이 타잖아.」

지영은 햇빛 때문에 눈썹을 찡그리며 끄덕였다. 이
렇게 더운 삼월은 상상해 본 적이 없었다. 연락이 끊
겼던 대학 동기가 지내는 곳에 오게 되리라는 것도.
지영은 스물아홉 살이 되었지만 여전히 스물일곱 살
에 멈춰 있는 것 같았다. 이곳에서 나흘이 지나면 무
언가 달라질지 궁금했다.

은희가 두 달째 지내고 있는 곳은 주방 겸 거실에
방 하나가 딸린 열두 평짜리 아파트였다. 벽지는 해
어져 있었고 큰 가전부터 작은 가구까지 새것은 없었
지만 저마다 깔끔하게 관리한 티가 났다. 지영은 거
실 장 앞에서 와이파이를 연결한 뒤 공유기를 내려놓
고 거실을 둘러보았다. 매끄러운 유리 테이블 위에
휴지 케이스와 에어컨 리모컨, 하얀 통에 담긴 연고

가 일렬로 놓여 있었다. 은희가 그 옆의 24인치 캐리어를 가리키며 삼박 사일 여행에 이렇게 큰 걸 가져왔냐고 물었고, 지영은 대답 대신 공항에서 캐리어가 바뀌었다고 말했다.

타이 항공의 카운터는 세 번 만에 전화를 받았다. 지영은 거실을 돌아다니며 서툰 영어로 낯선 사람의 이름을 또박또박 읊었다. 나는 그 사람의 짐을 가지고 있어요. 우리는 만나야 해요. 만나서 짐을 찾아야 해요. 건성으로 대답하던 직원은 한 시간 뒤에 전화를 걸어와 연락처를 알려 주었다. 번호를 저장한 뒤 카톡을 보내고 보이스톡도 걸어 봤지만 받지 않았다.

그사이 외출하고 온 은희가 비닐봉지를 건넸다. 지영이 주로 입는, 무늬 없는 단순한 남색의 새 속옷이었다. 당황한 지영에게 은희가 갈아입을 옷과 수건까지 가져다주었다.

「사이즈는 그냥 눈대중으로 샀는데 안 맞으면 말해.」

「이건 내가 사 와도 되는데. 미안하다. 얼마였어? 화장실 어디야? 일단 나 씻을게.」

지영은 횡설수설하며 욕실로 들어왔다. 변기 덮개 위에 은희가 사준 속옷과 옷가지를 올려 두고 찬물이 쏟아지는 샤워기 아래에 섰다. 샤워를 마친 뒤에는 냉기에 몸이 떨렸다. 물기를 닦으면서 눈대중이라는 말을 머릿속에서 지우려고 노력했다.

속옷은 딱 맞았지만 티셔츠는 겨드랑이부터 빠듯했다. 지영은 은희가 대학생 때 자주 입었던 이 트레이닝복을 한눈에 알아보았다. 지금보다 살이 붙어 있었던, 이 옷을 입고 뛰어다니던 은희는 지영의 기억에 선했다. 지영은 발목이 껑충하게 드러난 채로 머리를 말리며 거울을 보았다. 얼마 전까지 역삼에서 셔츠와 슬랙스를 주로 입었던 웹 디자이너는 수증기 때문에 잘 보이지 않았다. 낯선 도시의 아파트에서 예전 룸메이트의 운동복을 입고 있는 모습이 뿌옇게 나타났다 사라졌다.

머리카락에 물기가 남은 채로 거실로 나왔다. 그 안에 있으니 얼굴에 열이 올랐다. 지영은 꽉 끼는 하늘색 티셔츠를 잡아 늘리며 과장된 말투로 말했다.

「넌 이게 아직도 있구나. 거의 십 년이 다 되어 가는 거 아니야?」

「나는 원래 옛날 물건을 못 버려.」

소파에 누워 있던 은희는 그게 정말 곤란하다는 얼굴로 고개를 흔들었다. 그러면 은희는 옛날 물건을 모두 가지고 싶어 할까. 지영은 소파 옆에 서서 캐리어를 만지작거렸고 은희는 일어나서 저녁을 먹으러 가자고 말했다.

낮고 낡은 건물들 사이로 길을 걷다 은희가 색색의 빈티지 옷 가게 앞에 멈춰 섰다. 머리에 반다나를 두른 여자가 가게에서 나와 말을 걸었고 은희는 뭐라고 대답하며 지영을 가리켰다. 지영은 은희가 자신을 두고 뭐라고 했을지 혼자 생각해 보았다. 저 옷 가게의 주인과 아는 사이인 건지, 어떻게 아는 사이가 된 건지도. 그렇게 이십 분쯤을 걸어서 번화가로 나가려나 싶었지만 비좁은 골목만 몇 블록 건넌 은희는 숙소와 비슷한 주택가의 작은 식당으로 지영을 데려갔다. 소문난 맛집인지 묻는 말에는 웃으며 고개를 저었다.

주방 안쪽에 있던 직원이 나와서 은희에게 반갑게 인사했다. 지영은 소년 같은 앳된 직원에게 메뉴를 주문하면서 짧은 농담을 주고받는 은희를 흘끗거렸다. 살갗이 적당히 탄 은희는 이곳에 완전히 녹아든 것처럼 보였다. 지영은 화장실에 다녀오겠다고 일어났다.

자리로 돌아오자 은희가 지영의 휴대폰으로 통화하고 있었다. 그래, 곧 연락할게, 친근하게 대답하기에 지영은 은희의 언니 은혜인 줄 알았다. 은희는 전화를 막 끊은 휴대폰을 돌려주었다.

「너 짐 가지고 있는 남자애. 이제 고등학교 졸업한 애야. 많이 놀랐어, 지금.」

「그래서? 어디 있대?」

「치앙마이에 가고 있대. 기차 타고 바로 잠들어서 네 메시지를 이제 봤나 봐.」

「거긴 또 어디야? 그럼 다시 온대?」

「거긴 기차로 열두 시간 거리야. 내일 아침에 내려서 다시 기차를 타고 오기는 너무 힘들지 않을까? 그리고 또 돌아가야 할 텐데.」

은희는 여전히 다정했다. 지영의 짐을 가지고 있는 사람에게까지도.

대학교 캠퍼스에서 헤매던 일 학년 일 학기 첫날, 지영을 도와준 사람이 은희였다. 은희도 지영과 같은 신입생이었고 지영은 은희와 함께 완전히 반대편으로 갔다가 정문까지 가서 돌아왔다. 강의실을 찾고 나니 오리엔테이션으로 진행된 첫 수업은 끝난 뒤였다. 강의실에서 쏟아져 나오는 학생들 사이에 서서 은희는 지영에게 사과했다.

미안. 내가 세 번째로 무서워하는 게 길 찾는 거야.

나머지는 뭔데?

은희는 머뭇거리다 대답했다.

두 번째는 낯선 사람한테 말 거는 거.

진짜? 나한테 먼저 와서 도와주겠다고 해서 전혀 몰랐는데.

첫 번째가 혼자 있는 거거든. 난 혼자인 게 정말 싫어. 적어도 헤맬 땐 둘이서 헤매는 게 낫지 않아? 그럼 나만 뭔가를 모르는 사람으로 보이지는 않잖아.

지영도 그렇게 생각했던 적이 있었다. 고등학생 시절 친구와 싸우고 급식을 혼자 먹고 쉬는 시간에도 혼자 있었을 때. 그때 지영은 머릿속으로도 거짓말을 했다. 걔가 없어서 좋다고. 그날 은희의 말은 지영에게 두고두고 은희를 떠올리게 만들었다. 처음 만난 사람에게 이렇게 말할 수 있는 은희. 자신이 혼자인 게 싫어서 말 걸기를 두려워하면서도 타인을 혼자 두지 않는 은희.

말이 없는 지영을 은희가 조심스레 살폈다.

「연고 때문에 그래? 그건 내가 언니한테 말할게.」

보름 전 은혜가 은희의 아토피 연고와 반찬 통을 들고 지영에게 찾아왔다. 이제 지영은 은희와 같이 살지 않는데도 은혜는 이따금 장아찌를 너무 많이 담갔다거나 등갈비가 남았다며 가져다주곤 했다. 그러면

서 꼭 은희와 잘 지내는지 물었다. 은희는 여덟 살 터
울의 막냇동생이어서인지 자신에게는 속 깊은 이야
기는 하지 않는다면서. 지영도 최근 이 년간은 어물
쩍 둘러대기만 했다. 그런데 은혜는 어쩐지 이미 알
고 있는 듯했다. 은희가 방콕에서 두 달 동안 돌아오
지 않고 있다고 하면 지영은 갈 수 있는 사람이라는
사실 정도는.

다음 날 은희가 메시지를 보내왔다. 짧은 연락조차
반년 만이었다. 그때까지 마음을 정하지 못했던 지영
은 그 메시지에 항공권을 예매했다. 그다음에는 기내
용 캐리어를 펼쳐 놓고 매일 생각나는 대로 짐을 챙겼
다. 어느 날은 여행용 고추장 튜브를 샀고 어느 날은
요즘 유행하는 과자를 샀다. 은희가 쓰는 천연 화장
품까지 넣고 나니 공간이 모자라 24인치 캐리어를
주문했다. 출국 전날에는 색 바랜 테니스공도 넣었
다. 지영은 그 까슬한 촉감을 떠올리며 입을 열었다.

「그거 말고도 짐이 많아.」

「그러면 우리가 갈까? 나 거기서 보고 싶은 게 있
거든.」

금세 은희가 눈을 반짝였다. 지영은 방금 방콕에
도착했다. 그런데도 알지도 못하는 곳에 가자는 은희

에게 싫다고 할 수 없었다. 잘 모르면서 무작정 온 건 방콕도 마찬가지였다.

식사를 마쳐갈 즈음 직원은 물병을 들고 다시 왔다. 은희가 없는 걸 보고 멈칫하는 직원에게 지영은 화장실을 가리키며 계산서를 요청했다. 그래, 물 줄까? 직원이 지영의 빈 컵에 물을 따라 주었다. 고마워. 지영의 인사에 미소를 지었다. 잠시 후 받은 계산서에는 물값이 포함되어 있었다. 한두 장을 썼던 휴지값도.

돌아온 은희는 계산서를 읽지도 않고서는 그대로 가지고 카운터로 걸어갔다. 직원과 뭐라고 떠들며 지갑을 꺼냈다.

지영은 아직도 은희가 해외에서 혼자 지내고 있다는 게 이상하게 느껴졌다. 이제 은희는 타지에서 밥 한 끼를 먹으러 이십 분을 걸어 다니고 말이 통하지 않는 사람들과 금방 친해지는 듯했다. 스물아홉 살의 은희에게 무서운 건 혼자가 되는 것뿐일까. 지영은 생각했다. 지금은 알 수 없는 은희의 모습이 얼마나 많을지. 그리고 은희는 모르는 지영의 모습은 얼마나 많을지. 지영이 무엇 때문에 여기까지 왔는지 은희는 예상하지 못할 것이다. 식당을 나서며 치앙마이에서 보고 싶은 게 뭐냐고 묻자 은희는 먼지, 하고 대답했다.

*

　기차역은 은희가 머무르는 동네와는 전혀 달랐다.
층고가 까마득하게 높고 대리석 바닥은 온통 반질반
질했다. 역 내는 광장처럼 넓은데도 에어컨 바람으로
냉기가 서렸다. 역무원이 안내하는 대로 엘리베이터
를 타고 지하로 내려가자 치앙마이행 플랫폼이 나왔
다. 지영은 배낭을 멘 외국인들이 듬성듬성 모여 있
는 곳에 서서 기차를 기다렸다. 여기저기 바닥에 캐
리어를 끄는 소리가 메아리처럼 울렸다. 한국과는 계
절도 다른 나라에서 백팩 하나 메고 서 있다는 게 이
제야 이상하게 느껴졌다. 왜 초조하지 않은 걸까? 거
기엔 지영의 물건만 있는 게 아닌데. 캐리어가 바뀌
었을 때부터 든 생각이었다. 주변을 둘러본 은희가
혼잣말처럼 중얼거렸다.

　「우리 강릉 갔을 때 생각난다.」

　지영에게 그때는 그다지 즐거운 추억은 아니었다.
대학교 졸업반 때 테니스 동아리에서 간 엠티였는데
테니스는 안 치고 술만 마셨다. 선배들은 만취해서
노래를 불러 댔고 화장실에 다녀온다던 은희는 보이
지 않았다. 지영은 머리가 아파서 밖으로 나갔다가

은희를 보았다. 펜션의 뒷마당에서 주 선배와 목소리를 낮춰 대화를 나누고 있었다. 숨죽여 웃다가 얼마간 조용히 같은 곳을 바라보기도 했다. 주 선배는 미대의 야작을 힘겨워하는 은희에게 체력을 늘리자며 동아리 가입을 권유한 사람이었다. 은희가 가입한 뒤에는 일대일 멘토가 되었고 졸업 이후에도 종종 엠티나 동아리 모임에 참석했다.

주 선배의 여자 친구인 성 선배도 동아리 출신이지만 이 엠티에는 오지 않았다. 그게 불행인지 다행인지 모르겠다는 생각부터 들었다. 은희가 지영을 발견하고서는 주 선배와 같이 어색하게 일어났다. 멋쩍어하는 주 선배를 보면서 지영은 생각을 바꾸었다. 이 자리에 있는 사람이 자신이 아니라 성 선배여야 했다고.

지영은 그때를 아무렇지도 않게 언급하는 은희에게 무슨 말을 해야 할지 몰랐다. 그러면서도 이 기분이 뭔지 설명하기 어려웠다. 자신도 그 공을 캐리어에 담아 왔으면서. 지영은 모자를 고쳐 쓰는 은희의 오른쪽 손목에 씌워진 살구색 보호대를 보았다.

「요즘도 테니스 쳐?」

「아니. 나 그때도 테니스 안 좋아했어. 너는 아는 줄 알았는데.」

은희가 머쓱하게 웃었다. 지영은 물론 알고 있었다. 은희는 알게 될까? 지영도 테니스를 좋아하지 않았다는 걸. 기차가 경적을 울리며 들어왔다. 챙이 큰 모자를 쓰고 가벼운 배낭을 멘 은희가 먼저 발을 내디뎠다.

이등석 칸은 긴 복도를 사이에 둔 채 일인석이 두 개씩 마주 보고 배치되어 있었다. 침대 하나를 그 위의 천장에서 내리고 일인석 두 개를 연결하면 이 층 침대가 되는 구조였다. 지영은 눕고 싶었지만 낮에는 침대를 펼쳐 주지 않는다고 했다. 기차 안은 도시락을 시켜 먹는 사람들로 번잡했고 진한 향신료 냄새는 환기가 되지 않았다. 마스크를 가져올 걸 그랬나, 후회하던 찰나 은희가 배낭에서 태블릿을 꺼냈다.

「그대로 있어 봐.」

그러더니 펜슬로 태블릿에 무언가를 그리기 시작했다. 지영은 고개를 빼고 은희의 태블릿을 훔쳐보았다. 졸업 후에 은희는 미술을 완전히 접겠다고 중소기업의 경영 지원팀에 취업했다. 그 자리를 소개한 사람도 주 선배였다.

지영은 종종 의문에 빠지곤 했다. 강릉 펜션에서

도망치듯 자리를 떠나는 것 외에 할 수 있는 게 있었을까. 지영은 뭔가를 하고 싶었다. 은희를 그대로 두고 싶지 않았다. 그런데도 은희를 보면 아무 말도 하지 못했다.

아니, 한마디를 한 적이 있었다. 딱 한 번. 이 년 전 주 선배의 청첩장을 받는 모임이 파한 뒤였다. 하나둘 택시를 불러서 흩어졌는데 은희가 보이지 않았다. 지영은 불안한 마음에 비좁은 골목 사이를 뒤졌다. 술집 건물 안쪽에서 담배를 피우고 있는 주 선배부터 보였다. 은희는 그 앞에서 귀가 빨개진 채 서 있었다. 지영은 술기운으로 더욱 울컥했다.

둘이 또 여기서 뭐해?

주 선배가 얼굴이 벌건 지영을 내려다보았다. 이번에는 멋쩍어하지도 않고 연기를 다른 쪽으로 후, 불었다.

뭐 하긴. 그냥 얘기하지.

성 선배는.

아까 먼저 집에 갔잖아. 지금 자고 있을 거야.

지영은 말문이 막혀서 은희를 보았다. 은희는 말없이 시선을 내리깔고 있었다. 술을 오랜만에 마신 탓인지 머리가 어지러웠다. 눈을 감았다 떠도 은희가 두 명, 세 명으로 보였다. 은희야. 지영은 충동적으로 내뱉었다.

너 그렇게 외롭니?

은희는 눈을 천천히 깜빡였다. 지영은 대답을 듣지 않고 돌아서서 골목을 빠져나왔다. 택시를 타고 그 골목 앞을 다시 지날 때 주 선배를 두고 혼자 걸어가는 은희가 창밖으로 스쳐 지나갔다. 며칠 뒤 주 선배가 찾아와 테니스공을 담은 보관함 두 개를 주고 갔다. 동아리원이 학교를 졸업하면 주는 기념품인데 은희가 연락을 받지 않는다고 했다.

그날이 주 선배를 본 마지막 날이었다. 은희는 주 선배의 장례식에 오지 않았다. 지영은 은희에게 공을 전해 주지도 버리지도 못했다. 두 개의 공 중 하나에 은희의 이니셜을 새겨 놓은 건 주 선배일 거라는 짐작은 더더욱 말할 수 없었다.

「뚱한 윤지영.」

은희가 태블릿을 보여 주었다. 지영의 캐릭터가 심통 난 표정으로 의자에 앉아 있었다. 은희는 그 그림 위에 사각형의 프레임을 그려 칸을 만들고 그 옆 칸에 새로운 그림을 그렸다. 커다란 태양 아래서 땀을 흘리는 지영이었다.

「더위 타는 윤지영.」

「너 웹툰 그려?」

「네 컷 만화. 인스타에 올리는 거라 너는 본 적 없을 거야. 그냥 일상툰이고 팔로어도 많지는 않은데 이모티콘도 만들고 외주도 받고 하다 보면 생활비는 돼. 여기 물가가 싸니까.」

「그래서 여기 있는 거야?」

세 번째 지영을 그리던 은희가 잠깐 멈추었다. 지영은 망설이다 말을 계속했다.

「여름 날씨가 아토피에도 안 좋잖아.」

「맞아. 불편한 거 되게 많아. 특히 길치가 해외에서 사는 게 얼마나 힘든지 알아? 여기 온 지 삼 일째였나? 한밤중에 숙소 가는 길을 못 찾아서 운 적도 있어.」

은희는 지영의 캐릭터가 입은 티셔츠를 하늘색으로 채색했다. 왼손으로 오른쪽 손목의 보호대를 매만지며 미세하게 눈썹을 찌푸렸다.

「앱으로 길 찾다가 휴대폰 배터리는 다 나가고, 길은 컴컴하고. 다리도 아파서 잠깐 쪼그려 앉아 있는데 근처에서 가게 마감하던 직원이 다가와서 무슨 일 있냐고 물어보는 거야. 그 말에 갑자기 눈물이 터진 거 있지. 그러니까 그 직원이 사장님한테 얘기해서 가게를 다시 열고 팟타이를 한 그릇 내오더라고. 거기 가어제 갔던 그 가게야.」

「그냥 준 거 아니지?」

「그걸 왜 그냥 줘? 그 시간에 열어 준 것만 해도 고마운 거지. 근데 알고 보니까 사장님들이 걔 부모님이신 거야. 내가 숙소 건물이 어떻게 생겼고 근처에 뭐가 있다고 하니까 뭐라고 의논하시더니 오토바이로 데려다주셨어. 그건 돈 안 받으셨고. 여기엔 이런 사람들이 정말 많아.」

은희는 예전에 타인을 선의로 돕지 않는다고 말했다. 그저 받고 싶은 걸 먼저 줄 뿐이라고. 그때 은희에게 가장 좋은 걸 주는 사람이 주 선배였다고 생각하면 빗장뼈 부근이 뻐근했다. 어떻게 이번에는 그게 자신일 수도 있다고 기대했는지 헛웃음이 나왔다.

「너 거기 물이랑 휴지도 돈 받는 거 알아? 그 계산서에 찍혀 있었어. 다 알고 낸 거야?」

「그럼 내가 모르는 줄 알았어?」

은희가 눈을 껌뻑거리며 되물었다.

「여기는 원래 그래. 미국에 팁 문화가 있는 것처럼 문화가 다른 거라고.」

「아무리 그래도 나라면 친구한테는 안 그럴 거야.」

「넌 내가 호구 같다는 거네. 근데 나만 일방적으로 주는 거 아니야. 나도 그 사람들한테 얻는 게 있어.」

그러니까 그게 뭐냐고, 지영은 묻지 못했다. 은희는 네 번째 프레임을 남겨 놓고 태블릿을 꺼버렸다. 은희가 그리려고 했던 마지막 지영은 어떤 모습이었을까? 지영은 또 마무리를 짓는 데 실패하는 기분이었다. 은희는 팔짱을 끼고 등받이에 등을 기대앉은 채 눈을 감았다. 남자에게서 역에서 만나자는 메시지가 왔다. 역에서 나오면 제가 바로 보일 거예요. 지영은 답장하지 않고 휴대폰을 뒤집어 놓았다.

*

치앙마이역은 방콕보다 훨씬 작고 소도시의 허름함이 물씬 풍겼다. 캐리어를 끌고 역을 나오자 바로 아스팔트 주차장이었다. 밤중의 승객들은 저마다 택시를 타거나 누군가를 만나 흩어졌고 그 사이에서 지영은 캐리어를 드르륵거리며 끌었다. 은희는 두어 걸음 떨어져서 천천히 걸어왔다. 기차를 타고 오는 동안 번갈아서 잠이 들었다가 도시락을 시켜 먹으면서 대화 몇 마디를 나누었지만 어색한 기류는 남아 있었다. 지영은 말없이 주변을 두리번거리다 남자에게 보이스톡을 걸었다. 신호가 일 분 넘게 이어지다가 끊겼다.

도로 역으로 들어가서 역무원에게 이 캐리어를 가지고 다니는 사람을 봤냐고 물었다. 카톡의 프로필 사진도 보여 주었다. 듬직한 체격의 남자가 해변에서 서핑을 하는 사진이었다. 친절한 역무원은 사진과 캐리어를 유심히 보고는 안타까워하며 고개를 저었다. 지영의 휴대폰을 가져가 다른 직원들에게도 물어봐 주었지만 대답은 같았다.

지영은 남자에게 어디 있느냐고 재차 카톡을 보냈다. 삼십 분 전부터 연락을 취했으나 남자는 전화도 받지 않고 카톡도 읽지 않았다. 숙소 위치라도, 이름이라도 알아 뒀어야 했는데. 전혀 모르는 사람을 만나러 열두 시간 동안 기차를 타고 여기까지 왔다는 게 믿기지 않았다.

「일단 숙소에 가는 게 나을 거 같아.」

은희가 뒤에서 말을 걸어왔다.

「깜빡 잠들었나 봐. 밤이니까 그럴 수도 있지. 내일 연락해 보자.」

지영은 짐짓 아무렇지도 않은 얼굴로 고개를 끄덕

였다. 은희가 앱으로 택시를 불렀다.

숙소에 가는 길에 남자에게서 보이스톡이 왔다. 지영은 기사에게 역으로 돌아가 달라고 말하며 통화 버튼을 눌렀다.

「여보세요? 어디예요?」

―어, 안녕하세요. 저 그 캐리어…….

「네, 알아요. 어디예요?」

―저, 진짜 너무 죄송한데요.

그러고 보니 지영은 남자의 목소리를 처음 듣는 것이었다. 은희의 말대로 목소리부터 무척 어렸다.

「괜찮아요, 다시 가면 돼요.」

기사는 지영의 말을 알아듣지 못하고 의아한 얼굴로 돌아보았다. 수화기 너머에서 남자의 숨찬 목소리가 들려왔다.

―그게 아니라요, 아, 누나 캐리어를 잃어버린 것 같아요.

「없어졌다고요?」

―카페에서 잠깐 놔두고 화장실 다녀왔는데요. 구석 자리여서 보이지도 않는 곳인데. 숙소 어디세요? 제가 꼭 찾아서 가져다드릴게요.

「카페에서 놔두고 화장실을 갔어요? 어디 카펜데요?」

— 곧 오늘 영업 마감한대요. CCTV 보여 달라고 하니까 경찰 데려오라고 하고요. 외국인이 경찰 데려올 수 있어요? 경찰 데려오면 이미 닫혀 있을 것 같은데. 어쨌든 제가 잃어버린 거니까 오늘 꼭 찾을게요.

지영은 무슨 말을 내뱉으려다 말았다. 기사가 택시를 숙소 앞에 정차시키고 기다리고 있었다.

「됐어요. 오늘은 그냥 자요. 나도 내일 그쪽으로 갈 테니까.」

— 그래도요.

「오늘은 어차피 못 찾아요. 들어가요.」

전화를 끊은 뒤 택시에서 내렸다. 체크인을 마치고 엘리베이터를 기다리면서 은희가 물었다.

「괜찮겠어?」

「어쩔 수 없잖아. 옷은 이틀 동안 입어서 좀 찜찜하긴 한데.」

「여기 방에 세탁기 있거든. 오늘 밤에 빨아 놓으면 더우니까 아침에 말라 있을 거야.」

지영은 그럼 다행이다, 하고 안심했다. 은희는 의아해하며 짐은 괜찮은 거냐고 재차 확인했다. 지영은 더 생각하고 싶지 않다는 표정으로 고개를 저었다.

숙소는 작은 주방에 거실이 붙어 있고 옆에는 화장

실, 안쪽에는 침실이 있는 리조트였다. 주방의 하부
장에 세탁기가 빌트인되어 있어서 호텔보다는 오피
스텔에 가까웠다. 몇 걸음 둘러보고 나니 더 볼 게 없
어서 침대 아래에 캐리어를 눕혀 놓았다. 은희는 지
영을 등지고 걸터앉아 씻을 준비를 했고 침실 안에는
바스락거리는 소리만 들렸다. 지영은 머리를 긁적이
다 말을 걸었다.

「너 먼저 씻을래?」

「그래.」

은희는 돌아보지 않고 대답했다. 어딘가 답답해서
에어컨을 켜려던 지영은 어, 하는 소리를 냈다. 에어
컨 아래 창가 근처에 손바닥 크기의 도마뱀이 장식처
럼 붙어 있었다. 급한 대로 리모컨을 들었으나 이걸
로 뭘 해야 할지는 몰랐다. 대학 시절부터 십 년 가까
이 자취 생활을 하면서 수많은 벌레를 잡았지만 도마
뱀은 본 적도 없었다.

「안 잡아도 돼.」

뒤에서 은희가 말했다. 창문만 열어 놔. 지영은 조
심스럽게 창문을 열었다. 습윤한 밤바람이 들어오는
데 도마뱀은 미동 없이 그대로였다. 살아 있긴 한 건
가? 어깨를 움츠린 채 은희에게 물었다.

「언제 나가?」

「느려서 우리 눈에는 안 보이는 거지 나가고 있어. 애도 빈방인 줄 알고 들어온 건데 모르는 사람이랑 같이 있기는 싫을걸.」

진지한 말투에 지영은 당황해서 도마뱀과 은희를 번갈아 보았다. 농담인지 아닌지 헷갈렸다. 곧 은희가 웃으면서 지영의 어깨를 툭 쳤고 지영은 재빨리 따라 웃었다. 그러면서도 불안해서 다시 확인했다.

「괜찮은 거 맞지?」

「그냥 두고 잊어버리면 사라질 거야. 계속 신경 쓰면 더 안 움직여.」

네가 먼저 씻고 오는 게 낫겠다. 은희는 가늘고 긴 꼬리에서 시선을 못 떼는 지영을 재촉했다. 지영은 떠밀리듯 욕실로 들어가다 말했다.

「그런데 너 많이 변했다. 원래 모기도 못 잡았잖아.」

「지금도 못 잡는 건 똑같아. 보내 주는 방법을 안 거지.」

정말 그럴까. 지영은 은희의 말을 의심했다. 그냥 두고 잊어버리면 사라지는지. 삼십 분 뒤 가운 차림으로 나왔을 때 에어컨 아래는 비어 있었다.

세탁기까지 돌리고 나니 자정이 가까웠다. 빨래를

건조대에 널고 돌아보자 은희가 침대에 걸터앉아 연고를 바르고 있었다. 멈춰 선 지영에게 새것 같은 통을 들어 보였다.

「나 이거 많아. 다른 건 몰라도 이건 넉넉하게 챙겼지.」

지영은 은혜가 다녀간 뒤 은희가 보냈던 메시지를 떠올렸다. 정말 연고 가져다주러 올 거야? 은희가 다소 미안해하는 표정으로 말했다.

「네가 진짜 올지 궁금했어. 이제는 날 도와줄 사람이 별로 없는 것 같아서.」

「여기에는 많잖아.」

「한국어를 아는 사람도 필요하더라고.」

은희가 웃었고 지영은 그 옆의 침대에 누웠다. 방금과는 다른 기분으로 답답했다.

「그런 것 때문에 안 돌아오는 거야?」

「언젠간 가겠지? 근데 요즘엔 헤매는 것도 좋아. 말도 헤매고, 길도 헤매고. 그러는 동안에는 거기에만 집중하니까 다른 생각을 안 하게 되더라. 회사에서 잘렸던 것도, 웹툰 도전만화에서 계속 실패하는 것도, 옛날 일들도.」

은희는 연고를 협탁에 내려놓고 이불을 덮었다. 반

듯하게 누워서 두 손을 가슴 위에 올린 채 천천히 눈
을 껌뻑거렸다. 지영은 은희가 회사에서 잘렸다는 걸
몰랐다. 웹툰 도전만화를 시도하고 있었다는 것도.
은혜는 반찬 통을 가져다주면서 그런 말은 전해 주지
않았다. 지영은 은희의 얼굴을 바라보다 말했다.

「그래. 너 좋아 보인다.」

선잠이 든 은희는 응, 하고 웅얼거렸다. 지영은 불
을 끄고 은희를 등져서 모로 누웠다. 나는 잘린 건 아
니야. 내가 그만뒀어. 팀 선배들이 참 친절하고 일도
잘 알려 줬는데 점심시간이 되면 나를 두고 다 같이
나가더라고. 메신저로 떠드는 소리도 들려. 키보드를
번갈아서 치다가 동시에 웃거든. 팀장님은 내가 막내
니까 싹싹하게 다가가야 한대. 그래서 말을 걸면 다
들 은행 직원 같은 미소를 짓고는 자리로 돌아가던걸.
아침 회의 시간에, 점심시간에, 퇴근 준비할 때 말이
없는 사람은 나뿐이었어. 엄마는 내가 이런 거로 그
만둔 게 이상하대. 용기도 의욕도 없는 거래. 맞는 말
이야. 나도 네가 필요해서 왔는데 그렇게 말할 수가
없는 걸 보면.

지영은 눈을 감고 어둠 속에서 안정적인 숨소리를
조용히 들었다. 은희는 확실히 편안해 보였다. 지영

과 달리 은희에게 필요한 건 아무것도 없는 것 같았다. 그러니 연고도 공도 전해 주지 않아도 되는 거 아닐까. 이대로 한국에 가면 언젠가는 은희도 귀국할 테니까. 그러면 모든 게 예전으로 돌아갈 수 있지 않을까. 지영은 눈을 감고 은희처럼 천천히 호흡하려고 애썼다.

은희의 공을 지영은 잃어버리고 싶었는지도 모른다.

*

이른 아침부터 지영은 드라이기로 트레이닝 바지를 말렸다. 도마뱀이 나간 뒤 창문을 덜 닫았는지 일어나자마자 거실이 눅진눅진했다. 리조트는 커다란 수영장을 둘러싼 형태였고 오 층이면 아주 저층은 아닌데도 옷은 밤사이에 전혀 마르지 않아서 꿉꿉한 냄새마저 났다. 은희는 바람이 나오는 에어컨 아래에 티셔츠를 갖다 대었다.

지영은 침실로 돌아가 침대맡에 둔 휴대폰을 켰다. 남자가 간밤에 캐리어를 찾았을지도 몰랐다. 그냥 자라고 했던 말을 듣지 않고 찾아다녔을 수도 있었다. 남자에게 메시지가 와 있었다.

누나 좋은 아침입니다!

일단 제 거를 쓰고 계시는 게 어떨까요?

지영은 거실의 소파에 앉아 보이스톡을 걸었다. 뭘 하고 있었는지 헉헉거리며 전화를 받은 남자가 말을 쏟아냈다.

—여보세요? 아, 저 아직 못 찾아서요. 필요한 거 있으면 제 캐리어에서 꺼내 쓰세요! 비밀번호 1234예요. 사이즈 맞으면 옷도 입으셔도 돼요. 진짜로요.

지영은 관자놀이를 문지르며 차분히 생각하려고 노력했다. 남자는 지영의 캐리어를 잃어버리고도 어디에 있는지 말해 주지 않았다. 자신의 물건을 마음대로 쓰라니. 비밀번호가 1234인 것부터 알 만했다. 아니면 이대로 짐이 바뀌어도 상관없다는 걸까. 캐리어를 잃어버렸다는 건 진짜일까?

「어디예요? 나도 찾으러 갈 테니까 어딘지 알려 줘요.」

—아, 제가 잃어버린 거라 제가 찾으려고 한 건데.

「내 짐이니까 나도 찾아야죠. 주소 카톡으로 보내요.」

통화를 끊고 지영은 바지를 펼쳐 보았다. 척척하게 젖어 있어서인지 더 작아 보였다. 이걸 어떻게 입고 다녔는지 몰랐다. 침대 밑에 눕혀 놓았던 캐리어의 자물쇠를 열자 은희가 다가왔다.

「뭐 해?」

「그 애가 자기 옷 입어도 된대. 남자애라서 맞을지는 모르겠지만.」

「그래? 진짜 미안한가 보다.」

「미안해하는 거라고?」

「그러니까 알지도 못하는 사람한테 자기 짐을 열어 보라고 하지.」

은희가 당연하단 듯이 대답했다.

갈아입은 반바지의 주머니가 부스럭거려 뒤져 보자 꾸깃꾸깃한 영수증이 나왔다. 은행의 환전 영수증 뒷면에는 태국어가 여러 번 적혀 있었다. 고수 빼주세요. 마이싸이 팍치. 안녕하세요. 사와디캅. 감사합니다. 컵쿤 캅. 죄송합니다. 커 톳 캅.

남자의 옷은 뜻밖에도 지영에게 잘 맞았다. 프로필 사진 속 남자는 곰 같은 체격이었는데 캐리어 안에 있는 옷은 남자치고 작은 사이즈여서 지영에게 넉넉하게 맞는 정도였다. 지영은 가슴팍에 소년 만화 캐릭터가 그려진 칼라 티셔츠와 청 반바지를 입고 벨트를 조여 맸다. 취향에는 맞지 않는 스타일이었으나 옷을 갈아입자 훨씬 숨통이 트였다. 이제야 제 옷을 입은 것 같은 이상한 기분이었다. 은희도 이게 더 잘 맞아 보인다고 웃었다.

헤집어 놓은 옷가지를 정리하고 캐리어를 닫으려는 찰나였다. 메시 소재의 포켓 안에 들어 있는 투명한 파일이 눈에 띄었다. 지영은 머뭇거리다 포켓의 지퍼를 열었다. 이래도 되나 하는 마음이 들지 않은 건 아니었으나 또 남자의 말만 듣고 낯선 곳으로 찾아가야 했다.

파일 안에는 여분으로 복사해 놓은 듯한 여권 사본과 숙소 예약 확인서가 들어 있었다. 캐리어의 네임 태그에서 영문 알파벳으로 보았을 때는 무심코 지나쳤던 이름이 눈에 들어왔다. 김도현. 지영은 그 이름 옆의 하얗고 장난기가 많은 남자의 사진을 보았다. 태국어 인사말이 적힌 영수증을 그 안에 넣어 놓은 뒤 캐리어를 잠갔다.

*

도현이 있는 지역은 로컬 느낌이 물씬 나는 올드타운이었다. 오밀조밀한 주택가에 기념품을 파는 가게

140

와 식당이 뒤섞여 있었고 바구니에 과일을 담아 파는 상인들이 도로에 즐비했다. 날은 끔찍하게 더웠고 하늘은 잿빛으로 뿌옇게 흐렸다. 은희가 나무 아래 그늘을 따라가며 하늘을 올려다보았다.

「이 시기에 전 세계에서 여기가 미세 먼지 지수 제일 높은 거 알아?」

「왜? 여기 무슨 공장이 있어?」

「아니. 농사 시작하기 전에 밭을 다 태우는 문화가 있대. 사진을 봤는데 불길이 끝도 없이 이어지더라. 산 중턱을 밝혀 놓은 것처럼 멀리서도 다 보여.」

「아, 잘못 왔네. 제일 안 좋을 때 온 거잖아.」

「여기 사람들한테는 좋은 때일걸. 뭔가를 시작하기 전이 제일 좋잖아.」

그러네. 지영은 목덜미의 땀을 훔쳐 내며 은희를 따라 하늘을 보았다. 지금도 누군가가 밭을 불태우고 있는 걸까. 이렇게 더운 날에 말이다. 그 사람에게는 지금이 좋은 때라는 말이 이상한데도 맞는 말 같았다.

은희가 카페의 간판을 발견하고 저기다, 소리쳤다. 은희는 초행길임에도 도현이 알려 준 카페의 이름만 듣고 인스타그램에서 봤던 곳이라고 했다. 도로에는 인도와 차도의 구분이 없어서 지영은 오토바이와 자동차 사이로 캐리어를 끌었다. 카페의 입구 앞에서 땀이 배어난 손을 캐리어의 손잡이에 문질렀다.

「별로 든 것도 없던데 왜 이렇게 무겁냐.」

「원래 남의 짐이 더 무겁지.」

은희는 카페의 문을 열어 주면서 말했다.

「그래도 지금은 그 남의 짐이 없는 사람이 제일 힘들걸.」

지영은 대답 없이 안으로 들어섰다. 이 층짜리 카페를 샅샅이 뒤졌지만 도현은 없었다. 보이스톡도 받지 않았다. 캐리어에서 숙소 예약 확인서를 꺼내 위치를 검색해 보는 사이 카운터로 걸어간 은희가 지영을 불렀다. 카페에서 판매하는 원두가 종류별로 진열된 쇼케이스를 가리켰다.

「여기에 왔다가 캐리어를 잃어버렸다고 했지?」

「그랬을걸. 여기는 왜 왔는지 모르겠어.」

「네 프로필 사진은 커피 사진이잖아. 너한테 원두를 사다 주려고 했던 거 아니야?」

여기 원두가 유명한 곳이거든. 은희가 쇼케이스를 자세히 보면서 설명했다. 그럴지도 몰랐다. 하지만 지영은 그런 걸 받고 싶었던 적이 없었다. 도현은 지영에게 원두를 원하는지 묻지도 않았다. 테이블로 돌아온 지영은 은희에게 말했다.

「캐리어 안에 연고 말고 다른 게 있었어. 너한테 주려고 했던 거.」

「지금 나한테 필요한 거야?」

「아니. 그건 아니야.」

「그러면 안 찾아도 돼.」

「뭔지 궁금하지도 않아?」

「알면 갖고 싶어지고 가지면 짐이야. 요즘 무서운 건 그거야. 나는 물건을 못 버린다니까. 아예 모르는 게 낫지.」

지영은 테이블 아래에 둔 캐리어를 내려다보았다. 지난 이틀 내내 이 짐을 버리고 싶었다. 차라리 도현처럼 잃어버리면 속이 시원할 것 같다고 생각해 왔다. 남자가 어떤 사람인지도, 안에 뭐가 들어 있는지도 알 수 없기 때문이었다. 지영은 은희와 달랐다. 도현을 알고 도현의 짐을 보고 나니 이 캐리어를 꼭 가져다주어야겠다는 마음이 들었다. 고수 빼 달라는 말보다 감사하다는 말을 더 많이 적어 놓은 어린 배낭여행자에게. 지영은 지도 앱을 켜고 예약 확인서에 적힌 주소를 검색했다.

「숙소를 가봐야겠어. 거기에 있을지도 몰라.」

「그래. 여긴 내가 있을게.」

「넌 안 간다고? 만약에 걔를 만나게 되면 네가 있는 게 좋을 것 같은데.」

「왜?」

지영은 우물쭈물하다 대답했다.

「네가 타인한테 따뜻한 사람이잖아. 걔는 의기소침할 텐데 나 같은 사람만 만나는 것보단 너도 같이 있는 게 더 낫겠지.」

은희는 잠시 말문이 막힌 듯이 입을 벌리고 있다가 지영의 팔뚝을 찰싹 때렸다. 아픈 건 아니었지만 지영은 놀라서 아, 소리를 냈다. 은희가 인상을 쓰며 말했다.

「너도 그런 사람이야. 너 몰랐어?」

어울리지 않는 심각한 표정에 지영은 차마 아니라고 하지 못했다. 나는 너 같은 사람이 아니라고. 은희는 한 번 더 쐐기를 박듯이 지영의 팔목을 잡았다.

「그러니까 여기까지 왔지. 그럼 넌 어디든 또 갈 수 있는 거야. 혼자서도.」

지영이 온 이유는 다정한 사람이어서가 아니었다. 오히려 그 반대였다. 지영은 은희가 그 공을 버리는 걸 보고 싶었다. 그 모습을 보면 이전의 일들은 중요하지 않고, 우리는 지금 이대로도 괜찮다고 생각할 수 있을 것 같았다. 그런데 은희는 그럴 필요가 없었다. 받으려고 하지도 않았으니까. 그걸 해야 하는 사람은 지영뿐이었다. 지영은 짐을 챙겨 일어났다. 카페를 떠나는 지영에게 창가의 안쪽에서 은희가 손을 흔들었다.

어느덧 두 시였다. 지영은 그늘을 찾아다니며 캐리어를 끌었다. 그곳에 도현이 없더라도 맡겨 둘 생각이었다. 하늘은 여전히 잿빛이었다. 어쩌면 지금이 우리에게도 좋은 시기일지도 몰라. 지영은 연기가 어디서 오는지 보려고 고개를 젖혔다. 이제 하루 정도 시간이 남아 있었다. 그 정도면 밭을 불태우는 곳을 보러 갈 수 있을 것 같았다. 끝도 없이 이어져 산 중턱을 밝혀 놓은 그 불길을.

아직 새를 몰라서

우리 집에는 저어새 한 마리가 산다.

앵무새나 카나리아 같은 새였더라면 귀여워했을지도 모른다. 왜가리나 두루미처럼 커다란 새도 부리는 저렇게 넓적하고 길지 않았다. 크기가 작거나 부리가 짧았더라면 좋았을 텐데. 얼굴이 검지 않고 눈자위도 뻘겋지 않은, 일반적인 새였더라면.

일반적인 게 뭔데?

아내가 물은 적이 있다. 그런 건 잘 설명할 수 없었다. 나는 단지 저어새가 우리 집에 있는 게 불편했다. 그것도 화장실 욕조에. 아내는 내가 나쁜 버릇을 고친 게 새 덕분이라고 했다. 스마트폰을 보면서 변기에 한참 앉아 있는 것, 샤워를 사십 분 넘게 하는 것 모두 아내가 싫어하던 버릇이었다. 이 주일 전까지는 화장실에서 문을 잠그고 원하는 만큼 혼자 있을 수 있었다. 이제는 할 일이 끝나면 서둘러 나와서 안방이든 거실이든 부엌이든 어디론가 가야 했다. 고작 새 때문에. 욕조에 달린 샤워 커튼을 치고 옷을 벗은 뒤 샤워기를 최대한 바깥으로 돌려 틀었다. 수증기가 차면 화장실의 물비린내가 더 짙어졌다. 코가 먹먹해지다 못해 바다에 가라앉고 있는 느낌까지 들었다. 반투명 커튼 너머에서 새가 끼리리리릭 울었다. 정강이가 자꾸 욕조에 부딪혔고 조급하게 샤워를 마쳤다.

물기를 덜 닦고 나와 몸을 으슬으슬 떨었다. 삼월 말이었다. 안방에서 머리를 말리고 있을 때 현관문이 열리는 소리가 들렸다.

소금이는 화장실에 있어요.

드라이기를 끄고 거실로 나가자 낯선 사람 두 명이 아내를 따라 들어오고 있었다. 토요일 아침에 기관 사람들이 올 거야. 아내의 말이 그제야 떠올랐다. 카메라를 든 사람은 새와 욕조의 사진을 여러 장 찍었고 다른 사람은 차트에 뭔가를 표시하면서 적었다. 새의 날갯죽지도 들어 보고 배 안쪽을 만져 본 뒤 손가락으로 군데군데 눌러 보았다. 새는 초조한 듯 날개를 푸드덕거렸다. 괜찮아, 괜찮아. 그는 능숙하게 새를 다

독였다. 그 뒤에는 욕조의 물 온도를 재고 새가 먹는 사료도 모두 확인했다. 줄자로 부리의 길이를 잴 때는 나도 궁금해서 다가가 눈금을 엿보았다. 십팔 센티미터였다.

구조된 지 얼마 안 됐는데 상태가 괜찮네요. 환경도 좋고요.

그는 화장실에서 나와 차트를 살펴보면서 말했다.

부리에 주름이 전부 잡혔더라고요. 길이도 다 자랐고 색깔도 완전히 검고. 다섯 살쯤 된 것 같아요.

많은 건가요?

아니요. 평균 수명이 열다섯 살은 넘으니까 인간 나이로는 삼십 대 정도죠.

나와 아내도 딱 삼십 대 중반이었다. 저 새가 우리 또래라는 점이 믿기지 않았다.

산책은 잘 안 다니시죠?

네, 아시다시피 사람들이 좀.

가끔은 나들이를 다녀오시는 것도 좋아요. 정서에 도움이 될 거예요.

나들이 비용도 청구가 되나요?

자기야.

아내가 팔을 꽉 잡았다. 왜. 물어볼 수는 있잖아. 어깨를 으쓱하면서 눈짓했다.

　나뭇가지도 넉넉하게 준비해 주세요. 얘가 곧 둥지를 만들 테니까요.

　둥지요?

　알을 낳아야 하잖아요. 모르셨어요? 뒷머리와 가슴 쪽 노란 깃털이 번식깃이에요.

　그 사람은 새가 알을 낳으면 연락 달라고 했다. 새가 낳는 알은 두세 개, 알을 품는 기간은 이십오 일, 부화한 새끼들을 돌보는 기간은 사십 일이었다. 이후 직원들이 새끼들을 데려간 뒤 보조금을 입금해 주는 방식이었다. 연초의 교미 기간에는 한 달 동안 새를 데려가서 짝짓기를 시키는 것까지 그들의 몫이었다. 그들은 이 새가 무사히 알을 낳게 하는 게 우리의 일이라고 알려 주었다. 저어새를 멸종 위기종에서 해제하는 일, 개체군의 밀도를 증가시키고 생물 다양성을 높이는 일에 대해서도 말했다.

　두 분은 정말 중요한 일을 하시는 거예요.

　직원들은 그 말을 남기고 떠났다.

*

　동물이라도 키워 보자고 아내가 제안했을 땐 글쎄, 하고 말을 흐렸다. 강아지? 산책을 시켜 줄 여유가 없다. 고양이? 털이 많이 날린다. 고슴도치? 가시가 무섭다. 나는 귀찮거나 두려운 게 많았고 아내도 그럴 줄 알았다. 산부인과에 이 박 삼 일 입원하고 퇴원한 뒤 아내는 자주 울었다. 동물을 키울까 고민해 보는 게 울지 않을 때 하는 일 중 하나인 줄 알았다. 아내가 동물을 하나씩 대면 싫은 이유를 말했다. 햄스터? 좀 징그러워. 거북이? 우리보다 오래 살지도 몰라.

　이 주일 전 장인이 집에 찾아와서 양철통을 내려놓았을 때 나는 강아지든 고양이든 거북이든 이것보다는 낫지 않을까 했다. 통 밖으로 나와 있는 긴 주걱 같은 부리가 금방 나를 칠 것처럼 느껴졌다. 키가 내 허리까지 올라오는 조류를 보고 아내는 감격했다. 진짜 내 스타일이야. 장인은 흡족한 표정으로 말했다.

　낚시 갔다가 주워 왔다. 갯벌에 혼자 서 있지 뭐니. 아무래도 길을 잃은 것 같지?

　길을 찾던 중인 거면 어떡하죠?

　장인은 껄껄 웃었다.

이 녀석은 이제 길이 없어. 거긴 매립되고 있거든. 시에서 유원지를 지을 거야.

저는 이런 게 우리나라에 있는지도 몰랐어요.

안 보였던 거지. 점차 없어지고 있기도 하고.

멸종 위기종이구나.

아내가 새에게 속삭였고 장인이 고개를 끄덕였다.

보조금을 받으려는 사람들이 한 마리씩 데려갔다던데 거기서도 낙오된 모양이다. 그러니 잘 키워야 해.

새가 별안간 푸드덕거리더니 양철통에서 튀어 올라 나왔다. 화이트 헤링본 장판을 깐 바닥에 새 발 모양의 진흙이 묻었다. 황급히 양모 러그를 뒤로 밀었다.

이리 와봐. 여기로 와.

아내는 박수를 치면서 새에게 손짓했다. 나는 장인이 욕조 안에 진흙을 깔고 물을 채우는 동안 스티로폼 박스를 열어 보았다. 그리고 화장실 안쪽으로 고개만 내밀었다.

장인어른, 이 박스는.

먹이로 주려고 사 왔다. 수산시장에서.

낚시 가셨던 건요.

고기는 놔줬지. 애를 데려왔고.

고기를 잡아 오고 애를 놔주셨어야죠. 그렇게 말하고 싶었다. 회를 쳐서 먹거나 매운탕을 끓여 먹는 게 저어새 키우기보다는 훨씬 평범한 일이었다. 새는 저벅저벅 욕조 안을 걸어 다녔고 아내가 넣어 준 민물고기를 건져 먹었다.

잘 먹네. 내일 수산시장에 다녀와야겠어.

장인이 돌아간 뒤에도 아내는 욕조 옆에 목욕 의자를 두고 앉아서 신기한 듯 새를 구경했다. 나는 화장실 문턱에 서서 머뭇거리다가 물었다.

괜찮겠어?

그럼. 나 혼자 다녀올 수 있어.

그게 아니고. 애를 키울 수 있겠냐고.

아내는 시선을 내리깔고 생각에 잠겼다. 그리고 한결 가벼운 말투로 말했다.

글쎄. 우리는 아직 해본 적 없는 일이긴 하지.

이건 좀 남다른 일이니까.

그런데 어차피 누군가는 이 애를 책임져야 하잖아.

그러니까 그걸 왜 하필 우리가 해야 하냐고 묻는 대신 화장실 문을 닫고 나왔다. 예전의 아내는 주말이면 나를 데리고 집 근처 공원부터 도심 번화가의 식당, 경기도 외곽의 펜션까지 갔다. 그리고 어떤 메뉴를 고르고 뭘 할지, 다음에는 어디에 갈지 고심했다. 나는 종일 아내를 따라다니고 집에 와서 화장실에서 천천히 발을 씻으며 하루를 끝냈다.

다음 날 아내가 새를 키우기 싫으냐고 물었을 때 당신이 원한다면 키워도 좋다고 대답했다. 내가 원해서 키우는 게 아니라 당신도 원해야 키우는 거야. 아내는 그렇게 말했는데 나는 정말로 원한다고 말했다. 내가 집에 없는 시간에 아내가 뭔가를 하길 바랐고 그게 새를 키우는 일이어도 상관없을 것 같았다. 그녀가 울지 않게 되고 예전처럼 나를 어디론가 데리고 간다면.

그러나 새가 들어온 뒤에도 우린 그대로였다. 오히려 밥을 먹을 때나 빨래를 갤 때도 아내는 화장실을 흘끔거렸다.

안 보이니까 불안하네.

언젠가 아내의 말에 나는 무심코 대답했다.

문짝이라도 뜯지 그래.

아내는 잠깐 나를 바라봤다. 그 이후부터 내가 퇴근해 돌아오면 밥을 차려 주고 설거지를 마치는 대로 화장실에 들어가 버렸다. 주말에도 아내는 시시때때로 새에게 먹이를 주고 물을 갈아 주었다. 밥을 먹을 때와 내가 들어가야 할 때 외에는 거의 화장실에 있었다. 실제로 내내 있는 건 아니겠지만 나에게는 그렇게 보였다. 거실에 있으면 화장실에서 새가 물장구치는 소리와 아내의 콧노래 소리만 들렸다.

그랬던 아내가 부산하게 화장실과 거실, 안방을 돌아다니기 시작했다. 기관 직원들이 다녀간 뒤부터였다. 노트북으로 뭔가를 검색해 보다가 불현듯 줄자를 가지고 화장실에 들어가기도 했다. 부엌에서 서성이는 아내 뒤에 대고 왜 그러느냐고 물었다.

소금이가 알을 낳는다잖아.

아내가 눈을 치켜뜨고 말했다.

좋은 환경을 만들어 줘야지. 지금보다 더.

아내는 싱크대 앞을 오가며 혼잣말을 했다. 그리고 마침내 결론을 내렸다.

더 큰 욕조가 필요해.

*

새 한 마리를 키우는 일이 이렇다고 아무도 말해 주지 않았다. 이 새가 알을 낳는 것을 돕고 지켜보고 부화한 새끼들 돌보기까지 거들어야 한다고. 이 새가 떠나면 그 새끼 새 중의 한 마리를 또 키워야 할지도 모른다. 그 새의 새끼, 또 그 새끼의 새끼까지도. 화장실이 두 개도 아니고 하나밖에 없는 집에서. 거기다 이제는 멀쩡한 욕조까지 갈아 치워야 한다니.

우리는 식탁을 사이에 두고 서서 한참 설전을 벌였다. 나는 더 넓은 욕조가 필요한 이유를 납득하지 못했고 아내는 산후조리원에 보내 주자는 것도 아닌데 욕조 하나도 못 사느냐고 성을 냈다. 언성이 높아지자 새가 화장실에서 끼리리리릭, 하고 울었다. 아내가 화장실에 들어가 버린 뒤 나는 외투와 차 키를 챙겨 밖으로 나갔다.

장인과 장모가 사는 이 층짜리 주택에는 주차장이 없었다. 근처의 공영 주차장에 차를 대고 걸어가는 길에 벚꽃이 핀 나무 몇 그루를 봤다. 아직 이렇게 쌀쌀한데. 세상의 동식물들이 다 이상하게 느껴졌다. 나는 무슨 말을 하러 온 걸까? 페인트를 칠한 철문 앞에 서서 생각했다. 새를 왜 데려왔냐고 따지는 건 무의미했고 욕조도 없는 장인 집에 데려가라고 할 수도 없었다. 다만 한 번쯤은 누군가에게 말해 보고 싶었다. 지금의 아내와 그 새, 먹먹한 물 냄새가 나는 화장실에 대해서.

장모는 문을 열어 주고 앞서 집 안으로 걸어갔다. 장인은 보이지 않았다.

그 양반은 낚시하러 갔지, 뭐. 다음 생에는 광어로 태어날 인간이야.

현관에서부터 거실로 이어지는 복도에는 낚싯대와 빈 통이 즐비했다. 거실에서 바둑 방송이 나오는 텔레비전을 등지고 앉아 물을 마셨다. 장모는 가부좌를 틀고 바둑판을 골똘히 들여다보았다. 나는 아무리 봐도 검은 돌과 흰 돌들이 어떻게 놓여 있는 건지 알수 없었다. 침묵을 견디다 못해 입을 열었다.

저희가 뭘 키우고 있는 거 아시죠? 장인어른이 데려오셔서요. 욕조에 두고 키우느라고 고생이 이만저만이 아닙니다.

윤주는 자네가 욕조를 쓰지 않는다고 하던데.

장모는 흰 돌 하나를 집어 바둑판에 탁 올려 두었다.

샤워기는 씁니다. 아무튼 그렇다고 그런 게 있어도 되는 건 아니잖아요.

윤주는 자네가 소금이에게 해주는 일이 없다고 하던데.

나를 제외한 모두가 새를 소금이라고 부르는 것 같았다. 그 이름을 지어 준 건 나였다. 그때는 아내와 장인, 장모까지 새를 소금이라고 부를 줄은 몰랐다.

장모님. 저는 그 새가 저희 집에 왜 필요한지 도무지 모르겠습니다.

필요?

그러니까 그 새가 어떤 역할을 할 수 있는지를요.

역할?

제 말은, 하고 뭔가를 더 말하려다가 입을 다물었다. 장모는 바둑판을 가득 메운 돌들을 쓸어 담았다. 그리고 빈 바둑판 위에 돌을 하나 올렸다.

바둑이 끝나면 복기를 해봐야 해. 처음으로 돌아가야 어디서부터 틀렸는지 알지.

땀이 난 손을 바지에 문질렀다. 과일 바구니를 들고 이 집에 처음 왔던 삼 년 전처럼. 그때 나는 결혼하고 싶은 이유와 앞으로의 계획을 글로 써서 외워 왔다. 그런 건 아무도 묻지 않았다. 장인은 낚시를 좋아하냐고 물었고 장모는 바둑을 둘 줄 아냐고 물었다.

낚시를 싫어해도 되고 바둑을 몰라도 된다고 말한 건 아내였다. 내가 너무 많은 생각에 잠겨 있으면 그녀는 무던한 정원사처럼 가지를 쳐주었다. 신혼집을 같은 평수의 저렴한 빌라와 비싼 아파트 중에서 고민할 때도 그랬다. 어차피 누구에게나 집은 미세 먼지와 바이러스를 피하는 곳일 뿐이라고. 의지할 건 집이 아니라 같이 사는 사람이어야지. 농담처럼 그런 말도 했다.

집으로 돌아가는 길에 한 달 전의 아내를 떠올렸다. 그녀가 정말 나에게 의지하려고 했던 순간을. 퇴원한 지 얼마 되지 않았을 때였고 그녀는 내 앉은키만 한 배낭을 두 개 사 왔다. 텔레비전에서 산티아고 순례길을 소개하는 프로그램을 본 모양이었다. 나 이제 아무렇지도 않아. 다 괜찮아졌어. 아니, 사실 너무 힘들어. 거기 가면 나아질지도 몰라. 부부끼리 가면 더 돈독해진대. 싸우기야 하겠지. 그럼 어때? 우린 제대로 싸워 본 적도 없잖아.

우리는 결국 그곳에 가지 못했다. 그래서 더 돈독해지지도 못하고 싸워 보지도 못했던 걸까.

이왕 배낭을 샀으니 쓰기는 해보려고 국내 여행을 알아봤지만 그것도 무산되었다. 그때 우리한테는 이렇게 큰 배낭에 넣을 만한 게 없었다. 결국 돌돌 말아 옷장 깊숙이 넣어 둔 배낭을 보고 생각했다. 아내는 그냥 뭐라도 해보려고 했던 걸지도 모른다고.

이후 식탁에 혼자 앉아 있는 아내를 본 적이 있다. 그녀는 내가 뒤에 있는 줄도 모르고 스마트폰으로 예능 프로그램을 보는 중이었다. 나는 어쩐지 움직일 수가 없었다. 화면 속 여러 연예인이 시끌벅적 떠들었고 아내도 웃고 있었는데 집이 너무 고요했다. 영상이 잠깐 멎으면 그녀의 웃음소리가 정적 속에 내려앉았다. 물기도 없이 말끔히 정돈된 부엌에서 아내는 어깨를 들썩이며 웃었다. 저렇게 웃는 게 더 힘들겠다 싶을 정도로.

그 뒤로 아내는 나에게 어딘가 가자고 하지 않았다. 그녀가 새를 데리고 나간 지난 주말 나는 아내도, 저 어새도 없는 집을 현관부터 안방까지 돌아다녔다. 부엌에서 밥통도 열어 보고 찬장 속 라면의 유통 기한도 읽어 봤다. 그러다 아내가 앉아 있었던 그 식탁에 앉아 중얼거렸다. 그때 아내의 말을 들었어야 했나.

*

밖에 나가자.

아내가 냉장고를 열어 둔 채 나를 바라보았다.

나들이를 가야 한대잖아.

나는 화장실을 가리키며 덧붙였다. 우리가 화장실과 안방을 벗어나서 함께 어딘가를 가야 한다면 오늘

이 적기였다. 도시 근처에 유원지가 새로 생겼다고 했다. 주말이었고 하늘도 맑았다. 다음 주말에는 집에 누가 올 수도 있고 내가 추가 근무를 할 수도 있었다. 혹은 비가 오거나 그냥 우리의 기분이 좋지 않을 수도.

그래. 그렇지.

잠깐의 침묵 끝에 아내가 입을 열었다. 그런데 거기까지는 어떻게 데리고 나가지?

다용도실과 드레스 룸을 차례로 헤집어 보았다. 저 어새가 들어갈 만큼 커다랗고 우리가 가지고 다닐 만한 것을 찾아야 했다. 그때 뭔가가 머리를 스쳤다.

아, 그 유아차 어디에 뒀지?

아내가 잠깐 멈칫했다. 그리고 아무렇지 않게 말했다.

엄마가 가져가셨잖아, 나 퇴원하기 전에. 누구 줬을걸.

아. 그러셨지.

손부채질을 하며 고개를 숙였다. 그러자 붙박이장 안쪽에 구겨진 배낭이 보였다.

아내가 냉장고에 있는 재료로 도시락을 싸는 동안 순례 배낭에 하드커버의 책을 넣어서 바닥을 평평하고 단단하게 만들었다. 그리고 화장실에 가서 새에게 하네스를 채워야 했다. 아내가 새를 데리고 나갈 때 쓰려고 산 대형 앵무새용이었다. 해본 적은 없지만 아내에게 도와 달라고 하기는 꺼려져서 우선 착용 설명서를 읽었다. 별거 아니네, 중얼거리면서 하네스에 부리부터 넣으려고 했다. 꼭 새를 포획하는 모양새였다. 새가 푸드덕거리더니 별안간 튀어 올라 욕조에서 나왔다.

야!

너무 놀라서 소리쳤다. 새는 나를 한 번 돌아보고 그대로 화장실을 빠져나갔다. 뒤따라 나갔더니 젖은 진흙이 새의 발 모양대로 찍혀 있었다.

소금아!

비닐장갑을 낀 아내가 부엌에서 나왔다. 새는 나와 아내를 피해 거실을 뛰어다녔다. 새의 걸음에 따라 밝은 베이지색 러그에 진흙이 묻었다. 호주산 천연 양모인데. 탄식할 겨를도 없이 조금씩 새를 코너로 몰았다. 날갯죽지를 잡았을 때 새가 날개를 거칠게 흔들더니 날아올라서 베란다 난간에 앉았다.

소금아. 일단 내려와. 말로 하자.

뛰어내리려는 사람을 말리듯이 아내가 간절하게

말했다. 너무 당황해서 그런 거겠지만 새한테 말로 하자니. 난간에서 내려오라는 말도 이상했다. 사실 새에게는 욕조보다는 베란다가, 집보다는 밖이 맞는 게 아닌가. 금방이라도 날아갈 것처럼 난간에서 우리를 돌아보는 모습이 욕조에 있을 때보다 더 일반적인 새 같아 보였다.

자기도 말 좀 해봐.

아내가 팔을 쳐서 아무 말이나 했다.

같이 나가자.

새는 예민하게 부리를 까딱거렸다. 아내가 계속 말을 걸면서 한 발짝씩 다가갔다. 너랑 놀러 가려고 그런 거야. 그래도 내가 설명했어야 했는데. 많이 놀랐지. 미안해. 조금 뒤에 새는 아내에게 안겼다. 그들 뒤에서 말했다.

그럼 자기가 가방에 넣을래? 나는 도시락을 마저 쌀게.

안 돼. 내가 봐줄 테니까 자기가 해.

왜?

그래야 다음에 할 수 있지.

새는 아직 내가 못마땅해 보였고 나도 다르지 않았다. 기관 직원들에게는 초면에도 이렇게 경계하지 않

앉으면서. 일단은 서운해할 시간이 없었다. 한 걸음
물러난 새에게 손을 내밀었다.

이리 와봐. 여기로 와.

몇 분이 지난 뒤에야 부리와 머리를 통과해 몸통에
끈을 채울 수 있었다. 새의 깃털은 부드럽고 폭신폭
신했다. 하얀 깃털 사이 노랗게 물든 번식깃이 눈에
들어왔다. 부르르 떠는 새의 등을 다독이면서 그 직
원들처럼 괜찮아, 괜찮아, 하고 중얼거렸다. 끈을 넉
넉하게 조인 뒤 리드 줄을 걸었다. 하네스를 입은 새
를 배낭에 넣자 부리가 밖으로 튀어나왔다. 덮개를
헐겁게 잠그고 가방을 앞으로 멨다. 한 손으로 가방
밑을 받치고 다른 손으로 가방을 감싸안았다.

무거워?

아내가 물었다.

산티아고는 안 가도 되겠어.

가방 밖으로 나온 부리를 보면서 말했다. 창고에서
카 시트도 꺼냈다. 이건 남아 있네. 아내가 말했고 나
는 다행이라고 대답했다. 조용히 현관문을 닫고 나와
서 빠른 걸음으로 복도를 걸었다. 이 빌라에는 엘리
베이터가 없었고 우리는 조심조심 계단을 내려갔다.
대낮에 뭔가를 훔치는 도둑이 된 기분이었다. 그래서

인지 계단참에서 아이와 올라오는 옆집 남자를 마주쳤을 때 하마터면 주저앉을 뻔했다.

이거군요.

남자가 말했다.

가끔 화장실에서 뭔가 우는 소리를 들었거든요.

우리도 가끔 댁의 아이가 악쓰는 소리를 듣는다고 말하려다 말았다. 손을 뻗어 부리를 만지려는 아이를 남자가 뒤로 숨겼다.

걱정하지 마세요. 웬만한 애들보다 순하다니까요.

아내는 조심스럽게 말했다.

그건 모르는 거죠. 부리가 이렇게 길고 위협적인데요.

이 새는 원래 이렇게 생긴 새예요.

그만 가자.

아내를 잡아끌었다. 등 뒤에서 남자가 말했다.

아무튼 조심해 주세요. 저뿐만 아니라 다들 그렇게 생각해요.

평소의 아내였다면 그렇게 생각하는 게 뭔지 남자에게 물었을 것이다. 그러나 그녀는 입을 다문 채 계단을 내려갔다. 주차장에서 카 시트에 가방을 앉혀 놓고 벨트를 맬 때 아내가 말했다. 이런 건 별거 아니야.

아내는 혼자 새를 데리고 나갔던 날 빌라 단지 안에서만 산책했다. 이십 분에서 삼십 분 정도였지만 남녀노소 주민들을 다 만나기엔 충분한 시간이었다. 집으로 돌아왔을 때 그녀는 하네스를 벗기면서 처음으로 후회했다고 말했다. 이 새를 키우기로 쉽게 결정했던 것을. 자신은 정말로 새가 창피하지 않고 이 새를 책임지는 일이 옳다고 확신했으나 그게 새에게도 옳은 일일까 싶었다는 것이다.

그날 하루는 소금이 눈을 못 마주치겠더라. 물 갈아 주고 먹이 줄 때도, 욕조 밖에 싼 똥 치울 때도.

아내의 말이 끝나고 정적이 흘렀다. 뒤늦게 입을 열었다. 왜 나한텐 얘기 안 했어? 나도 그때 집에 있었을 텐데. 아내가 픽 웃었다. 집에 있긴 했지.

오늘은 괜찮을까?

신호에 막혀 차를 세우고 중얼거렸다. 아내는 뒷좌석의 새를 돌아봤다.

나 혼자일 때보단 나을 거야. 남자가 있으면 험악하게 굴지는 않으니까.

그때 왜 같이 가자고 안 했어?

산책만 그랬던 게 아니라.

아내가 창문을 내려서 바람을 쐬었다.

우린 그동안 뭐든 같이하지 않았잖아.

나도 창문을 내렸다. 나의 창문과 아내의 창문으로 바람이 드나들었다. 아내는 중고 가구점에 전화를 걸었고 나는 욕조값을 기관에서 지원받을 수 있을지 따져 봤다. 그 욕조는 새를 위한 것이니까. 새가 낮은 소리로 울었고 우리는 길게 늘어선 차들 사이에서 유원지 입구를 통과했다. 정문 앞에서 초록색 조끼를 입고 시위하는 열댓 명의 사람들을 지나쳤다. 중앙에 선 사람이 확성기에 대고 외치는 소리는 대형 스피커에서 나오는 음악에 묻혀서 잘 들리지 않았다. 핸들을 돌려서 주차장으로 들어갔다. 잘은 모르지만 그들의 말이 틀리지는 않았을 것이다. 여기에도 문제가 있겠지. 백미러를 흘긋거리면서 생각했다. 우리는 그저 휴일을 보내러 왔을 뿐이라고.

*

주차장에서 나와 광장에 가까워질수록 일렉트로닉 기타의 파열음이 선명해졌다. 분수대 옆에서 밴드가 공연을 하고 있었다. 잔디밭에서는 얼굴을 하얗게 칠한 사람이 마술 쇼를 하는 중이었다. 어디든 사람들이 몰려서 박수를 치고 소리를 질렀다. 우리는 길을 되돌아 나왔다. 그 뒤로 자전거 대여소와 테니스장, 농구장, 축구장, 족구장을 지났다. 길게 늘어선 플리 마켓도 보았고 게임장에서 보드를 타는 어린애들도 구경했다. 새에게도 보여 주려고 가방을 조금 젖혔는데 새는 오히려 쑥 들어가 버렸다. 가방을 고쳐 안고 물었다.

이쯤 되면 그 직원의 말을 의심해 봐야 하는 게 아닐까?

우리 애가 좀 특이한 애일 수도 있지.

놀이터와 경찰 지구대를 지났을 때 멀리 지평선이 보이기 시작했다. 바닷가를 매립해 지은 백사장이었다. 한때는 어떤 새들이 살거나 지나다녔을 곳. 우리가 이 유원지에서 갈 수 있는 유일한 곳이었다. 바닷바람이 불어서 더 쌀쌀했지만 견딜 만했다.

흰 모래 위에 돗자리를 깔고 새를 꺼냈다. 기분 탓인지 새는 아까보다는 안정적으로 보였다. 도시락을 펼쳐 놓고 샌드위치와 과일을 먹었다. 아내는 락앤락에 담아 온 민물고기를 긴 젓가락으로 집어서 새의 부리 안에 넣어 주었다. 그러느라 잘 먹지를 못해서 아내에게는 내가 음식을 먹여 줬다. 한가롭게 늦은 점심을 먹는 동안 수많은 개를 봤다. 개들에게도 여기가 제일 적당한 장소인 모양이었다. 진돗개부터 리트리버, 슈나우저, 웰시 코기, 포메라니안, 종류가 셀 수 없이 다양했다. 그래도 눈자위가 빨갛거나 주둥이가 너무 튀어나와 있는 개는 없었다.

저어새들은 다 어디 있을까?

돗자리에 누워서 물었다.

누군가가 데려갔겠지? 웬만한 서식지는 매립되고 사라졌으니까.

아내가 무심하게 대답했다.

저어새 같은 것들이 또 있나?

많지. 금개구리, 흰발농게, 맹꽁이. 멸종 위기종 키우는 사람들 커뮤니티가 있거든. 거기서 봤어.

개네는 다 어디 있을까?

자기들 집에 있겠지.

보조금 받는 사람들은 있는데 정작 그 동물들은 어디에도 없는 것 같아.

다른 사람은 우리 눈에 안 보이니까. 이 세상에서 우리만 이런 걸 키우는 것 같지.

아내도 새를 이런 거라고 생각하고 있었구나. 조금 마음이 편해졌다. 그리고 더 말하고 싶었다. 예쁘지도 귀엽지도 않고 크기도 너무 큰, 일반적이지 않은 반려동물은 우리가 키우는 이 새 한 마리뿐인 것 같다고.

도시락 통을 정리한 뒤 아내가 샌들을 벗고 맨발로 모래를 밟았다. 나도 약간 머뭇거리다가 신발과 양말을 벗었다. 백사장에 서자 양 발바닥이 간지러웠다. 아내는 파도가 밀려오는 쪽으로 리드 줄을 끌었다. 새는 느리지만 편안하게 아내를 따라갔다. 발이 바닷물에 잠기는 곳에서 아내가 새 앞에 쪼그려 앉았다. 스마트폰을 꺼내서 그들을 찍었다. 역광이어서 형체만 겨우 찍혔지만 아내와 새를 알아보기엔 충분했다. 나는 다가가서 하네스에 걸어 놓은 리드 줄을 풀어 주었다.

이래도 되나?

아내가 주변을 두리번거렸다. 아내를 데리고 뒤로 물러났다. 새는 바다를 보고 서 있다가 천천히 앞으로 걸어갔다.

이러다 날아가면 어떡해.

가만히 있어 보자.

새는 조금 더 안쪽으로 들어가서 다리가 절반 넘게 잠겼다. 소금이라는 이름을 지었던 이유는 이 새가

바다에서 왔기 때문이었다. 이제는 다시 바다로 돌아
갈 수 없었다.

새는 고개를 살짝 숙이고 주걱 같은 부리로 수면을
저었다. 옆으로 몇 걸음 걸어가서도 똑같이 했다. 병
뚜껑과 구겨진 빨대 같은 걸 몇 개 건져 보더니 곧게
섰다. 기지개를 켜듯 양 날개를 넓게 펼친 뒤 해수면
에서 두어 뼘 날아올랐다. 날개는 위로 솟았지만 아
랫배가 불룩한 몸통은 금방 내려앉았다. 새는 날개를
반듯하게 접고 돌아왔다. 잠깐 산책을 다녀온 것처
럼. 아내는 돗자리를 털었고 나는 새를 배낭에 넣어
서 멨다.

*

다음 날 오후에는 나 혼자 새를 단지 안에서 산책시
켰다. 아직 둘이 있기엔 좀 어색했지만 산책은 생각
보다 순조로웠다. 단지를 반쯤 돌았을 때 욕조 배달
기사의 전화를 받았다. 새의 목줄을 풀어 배낭 안에
넣은 뒤 집 앞으로 되돌아갔다. 욕조를 실은 용달차
가 빌라 건물 앞에 섰다. 아내도 나와 있었다. 트럭에
서 내린 배달 기사는 고동색 피부에 쌍꺼풀이 짙은 청

년이었다. 조금 당황했는데 다행히 그는 통화할 때처럼 한국어를 잘 구사했다. 문제는 다른 데 있었다. 이 빌라에 엘리베이터가 없다는 말을 듣고 기사는 모자를 벗었다. 놀란 건 나도 마찬가지였다.

사다리차는요?

앞으로 멘 배낭을 부둥켜안고 물었다.

그건 삼만 원 더 내요.

기사는 배낭에서 빠져나와 있는 부리를 흘끔거리며 말했다.

이미 배송비를 이만 원이나 냈잖아요. 그러면 욕조를 집 안으로 가져다주는 거 아닙니까?

이만 원 너무 싸요. 그래도 집 안까지 가져다줘요. 엘리베이터 있으면.

기사는 손으로 햇볕을 가리고 주위에 둘러선 빌라들을 돌아보았다. 어떡하지. 우리가 소곤거리는 동안 그는 손목시계를 보더니 사무적으로 말했다.

환불해도 돼요. 반품 배송비 내면요.

이런 사람들을 많이 봤다는 투였다. 나는 기사에게 삼 층까지 운반을 도와 달라고 부탁했다. 기사는 모자를 부채처럼 부치면서 못 미덥다는 듯 나를 살펴보았다.

다칠 수도 있어요.

에이, 남자 둘이서 욕조 하나 든다고 안 다쳐요.

욕조가 다칠 수도 있다고요. 스크래치.

설마요. 고작 삼 층인데.

지나가는 부부가 고개를 돌리면서까지 이쪽을 구경했다. 나는 그들이 새의 검고 긴 부리를 봤다고 생각했다. 아내가 나에게서 배낭을 건네받아 빌라에 들어갔다. 분리수거장에 갔던 부부가 이쪽으로 돌아올 때 기사는 다시 모자를 썼다. 그리고 곱슬곱슬한 머리카락을 털어 내며 트럭의 뒷문을 열었다.

내가 앞에서 욕조를 끌고 기사가 뒤에서 받쳤다. 일 층에서 이 층으로 가는 계단의 중간층에서 고비가 왔다. 계단은 좁았고 욕조는 길었으므로 올라가는 욕조의 방향을 틀려면 욕조를 비스듬히 기울여서 더 높이 들어야 했다. 아래에 있는 기사는 욕조에 가려 얼굴이 보이지 않았다.

더 높이. 더 높이 들어요.

팔이 부들부들 떨렸다. 기사가 자리를 바꿔 주어서 아래로 내려갔는데 아래에서도 기사의 얼굴은 보이지 않았다. 조금만 더, 다 왔어요, 하는 목소리만 들렸다. 기사가 위에서 끌어 주고 있는데도 욕조가 너무 무거웠다. 자꾸 욕조를 떨어뜨릴 뻔했고 삼 층으로 올라가는 계단에서 세라믹이 쇠에 긁히는 소리가 났다. 살펴보니 하얀 테두리에 난간 쇠기둥의 자국이 나 있었다. 이것 봐요. 기사가 중얼거렸고 나는 깨지지만 않으면 된다고 말했다. 그래도 기분이 좋지 않았다. 중고 욕조를 옮기는 것 정도는 잘 해낼 수 있을 줄 알았는데. 마지막 계단 위로 욕조를 신중히 밀었다.

아내가 새를 안고서 현관문을 열어 주었다. 기사는 집 안으로 들어서다 말고 멈춰 서서 새를 바라보았다. 새의 작은 머리와 동그란 눈, 하얀 깃털을. 세라믹 욕조를 세로로 세운 뒤 화장실로 밀어 넣으면서 기사가 물었다.

이름이 뭐예요?

저요?

새요.

아, 소금이.

욕조의 길이가 화장실의 너비보다 길어서 대각선으로 놓아야 했다. 세면대 앞에 서도 욕조가 다리에 닿았다. 아내에게 새를 받아 와서 욕조에 넣어 주고 이전 욕조에 있던 흙을 가져다 날랐다. 그사이에 기사는 스마트폰을 꺼내 새와 셀카를 찍었다. 그러다 나와 눈이 마주치자 머쓱하게 스마트폰을 내리고 말했다.

쉽게 못 보는 거니까요.

기사는 사진을 몇 장 더 찍었다. 욕조에 있는 희고 통통한 저어새의 사진이 그의 SNS에 올라갈 수도 있었다. 바다 건너에 있을 그의 폴로어들은 이 새를 어떻게 생각할까. 이곳의 빌라 사람들과는 다르겠지. 새는 얼마나 넓어졌는지 재보려는 듯 욕조의 끝에서 끝으로 왔다 갔다 했다.

기사는 플라스틱 욕조를 분리수거장 옆에 버리는 것까지 도와준 뒤 떠났다. 저녁을 때우고 아내와 컴컴해진 공원에 들러서 가느다란 나뭇가지를 주워 왔다. 아까보다 벚꽃이 더 많아 보였고 저녁인데도 어제보다 쌀쌀하지 않았다. 이제야 따뜻해질 모양이었다.

화장실은 확연히 비좁아졌다. 아내는 욕조에 몸을 붙이고 앉았는데 세면대 아래 숨어 있는 것처럼 보였다. 나는 그 옆에 변기 뚜껑을 닫고 앉아 나뭇가지를 짧게 꺾었다. 작은 목욕 의자에 쪼그려 앉은 아내의 정수리와 마른 어깨를 내려다봤다.

무사히 낳겠지?

아내가 민물고기를 욕조에 넣어 주며 중얼거렸다. 무사히 낳지 못할 수도 있다. 여기 오기 전에 수컷을 만나지 않았다면 무정란만 낳게 될 것이다. 일정한 길이로 꺾은 나뭇가지들을 욕조 옆에 모아 두며 대답했다.

알을 품는 것만으로 기분이 나아질 수도 있을 거야. 유정란이든 무정란이든.

그래도 건강하긴 한가 봐. 아까 봤지? 알을 낳고 나면 날아갈 수도 있겠어.

그건 좀 문젠데. 이 욕조는 어떡해.

화장실의 반을 차지하는 욕조를 가리켰다. 새는 내가 이 욕조를 어떻게 가져왔는지 알지도 못하고 조그만 머리통을 까닥이며 민물고기를 주워 먹었다.

다른 걸 키울 수도 있지. 이건 누가 들어가도 괜찮을 정도로 크니까. 아이들이라면 세 명까지도 들어갈걸.

아내는 뒤뚱뒤뚱 걷는 새의 머리를 쓰다듬으며 말했다. 우리는 같이 욕조의 물을 갈아 주었다. 욕조가 더 커져서인지 물이 빠져나가는 데 전보다 시간이 오래 걸렸다. 우리 집의 소금이라는 이름을 가진 새가 언젠가 떠나면 이 큰 욕조는 텅 비게 될 것이다. 어쨌든 일단 물을 갈아 주고 새가 둥지를 만들기 편하도록 나뭇가지를 짧게 꺾어야 했다. 물을 틀고 수전을 살살 움직여 온도를 조절했다. 이 계절의 바닷물과 비슷한 온도로. 이 새가 의지할 건 욕조가 아니라 같이 사는 사람일지도 모른다는 생각이 들었다. 지금은 아내, 그리고 나. 욕조에 물이 차오르기 시작했다.

좋은 교실

다음 수업까지는 두 시간이 남아 있었다. 그녀는 공용 주차장에 주차해 두었던 차를 끌고 신축 브랜드 아파트로 갔다. 첫 삽을 떴을 때부터 교사들이 눈독을 들이던 교실이었다. 그녀는 쉬는 시간마다 부지를 맴돌면서 아파트가 지어지는 과정을 지켜보았다. 지국장은 이 교실을 신입 교사들에게 우선 배정하겠다고 공지했다. 아마 나머지는 베테랑 교사들이 가져갈 것이다. 아파트에서는 지난주부터 입주가 진행됐고 이삿짐 트럭이 줄지어 드나들었다. 그녀는 거대한 아치형 정문 앞에 차를 세웠다. 신입 교사 두 명이 땡볕 아래 천막과 간이 테이블을 차려 놓고 앉아 있었다.

「날도 더운데 고생이 많네. 이것 좀 마셔 가면서 해요.」

신입 교사들은 서로 마주 보더니 엉거주춤 음료수를 받아 들었다. 의자는 네 개뿐이었다. 신입들이 앉아 있는 두 개, 그 맞은편에 학부모와 아이가 앉을 두 개. 그녀는 그들에게 앉으라고 손짓하고 그 옆에 섰다. 그들은 아이를 데리고 다니는 입주민들에게 외쳤다. 아이에게 무료 레벨 테스트 시켜 보세요. 아이가 간단한 문제를 풀면 신입이 학부모에게 설명했다. 아이가 기초 연산은 잘하는데 마무리가 어설픈 편이에요. 그녀는 그 틈에 끼어들어 샘플 교재를 건넸다. 마무리 풀이가 약한 학생은 선생님이 옆에 붙어서 도와주는 게 가장 중요해요. 신입들과 학부모와 아이가 마주 보고 앉아서 테스트를 치르는 동안 그녀는 옆에 서 있었다. 누군가 저기, 하고 말을 걸 때까지.

「네, 상담이 필요하세요?」

그녀는 팸플릿과 명함을 챙기며 물었다. 그러다 다시 테이블에 내려놓았다.

「한이 엄마, 맞죠?」

「오랜만이에요. 태류 엄마.」

그녀는 태류 엄마가 내민 손을 맞잡았다.

「여기 사세요?」

「지난주에 이사 왔어요. 어제는 한이를 봤는데 오

늘은 한이 엄마를 보네요.」

「한이요?」

「가끔 놀러 오니까요.」

그녀는 한이가 아직 태류와 친구로 지낼 거라고는 생각하지 못했다. 이제는 동네도 다르고 학교도 다른데. 전학을 시킨 지 일 년이 넘었지만 한이는 한 번도 태류 이야기를 하지 않았다. 그때 경비원이 와서 차를 빼달라고 말했다.

차로 걸어가는 동안 태류 엄마가 자신의 동 호수를 말해 주었다. 이 집에 왔다고 하면 주차장에 주차할 수 있게 해줄 거라고. 예전에 그녀가 했던 말을 기억하는 모양이었다. 수업이 십오 분에서 삼십 분이고 그사이에 두세 시간이 비어서 늘 곤란하다고 했던 이야기를. 그때 태류 엄마는 자신도 강의 사이의 공강 시간이 너무 길다고 말했다. 우리는 공통점이 많은 것 같다고.

그녀는 아파트의 주변을 천천히 돌았다. 아파트는 어느 골목에서도 잘 보였다. 집집의 창문들은 오후의 햇볕을 받아 반짝거렸다. 그녀는 한이가 어떻게 태류와 친구가 되었는지 모른다. 왜 태류가 한이를 자기 무리에 끼워 주었는지. 그녀가 학부모들과 같이 브런

치 카페에 다니게 된 것은 그 무리의 같은 반 학생이 오 층짜리 학교 옥상에서 뛰어내렸기 때문이다.

그 학생은 유서를 남기지도 않았고 일기에 아이들의 이름을 적어 놓지도 않았다. 그러나 발인이 끝나기도 전에 인터넷에는 학교 이름을 태그로 달고 그 학생이 한이와 태류 무리에게 학교 폭력을 당했다는 익명의 글들이 돌아다니기 시작했다. 경찰이 조사를 나왔고 학교에서는 가해자의 학부모들을 소환했다.

남자들 사이엔 서열이 있어.

양복을 갖춰 입고 학교로 가는 길에 남편이 말했다.

한이는 서열이 높은 애들에게 끼어들려고 한 거야. 그러면 걔네가 하는 건 그냥 같이해야 하는 거지. 걔네한테 한이는 그냥 깍두기 같은 거였을 걸.

그녀는 그렇다면 그나마 다행인 것 아니냐고 물었다. 한이 아빠는 대답하지 않았다. 그녀에게 뭔가를 묻지도 않았다. 그녀는 그가 묻는다면 많은 것을 말해 줄 수 있었다. 한이가 언제부터 버섯을 먹지 않게되었는지, 한이의 오른쪽 발목의 흉터는 어쩌다 생겼는지, 처음 교복을 맞췄을 때 표정이 어땠는지, 한이 아빠가 휴일에도 함께 공을 차주지 않고 어딘가에 데려가 주지 않았던 한이의 어린 시절에 대해서 해줄 말이 많았다. 그 시절을 모르면서 한이를 한심해하다니. 그녀는 집에 돌아와서 한이에게 손을 올린 그를 막아섰다. 그만해. 당신은 그러지 마. 당신은 그러면 안 돼.

우리는 뭔가를 해야 한다고, 그녀에게 전화를 건 태류 엄마가 말했다. 학교에 다녀온 이틀 뒤였다. 학부모회 회장이라서 그녀의 연락처를 알고 있다고 했다. 선생님들도 매일 회의하고 학생들의 진술을 받고 있대요. 관련 학생과 학부모, 교사들이 모두 참여해서 결론을 내리는 학교 폭력 대책 자치 위원회까지는 일주일이 남아 있었다.

학부모들은 이틀에 한 번 태류네 동네에서 모였다. 어떤 날은 선규 엄마가, 어떤 날은 지욱이 아빠가 빠졌다. 위원회 전날에는 그 학생의 집을 찾아가기도 했다. 열리지 않는 아파트 입구 유리문 앞에 서서 이십 분을 기다리다가 돌아왔다. 그녀는 한 번도 빠지지 않았다. 태류 엄마의 스케줄에 따라 모임은 늘 오전 중에 있었다. 보상의 규모에 대해, 아이들의 교육 방식에 대해, 학교 이사진의 비겁한 대처에 대해, 이 나라 교육 현장의 미래에 대해 어떤 의견도 내놓지 못하면서도 그녀는 모임에 참석했다. 무슨 맛으로 마시는 건지 알 수 없는 아메리카노의 얼음이 다 녹을 때까지 자리를 지켰다.

*

아파트 근처 번화가를 몇 번 돈 뒤 그녀는 다음 수업 시간에 맞춰 차를 돌렸다. 골목길에서 대로변으로 빠져나가고 있을 때 낯선 번호로 전화가 왔다. 그녀는 태류 엄마일 것 같다고 짐작했고 정말 그랬다. 다만 용건은 전혀 뜻밖이었다.

「수학 과외요?」

그녀는 속도를 늦추면서 되물었다.

「네. 두 사람이 경쟁하면서 문제를 푸는 방식이에요. 집중력도 높아지고 문제 푸는 속도를 올릴 수 있대요.」

「하지만 한이는 태류랑 집도 멀고…….」

「근처 사는 아이들 알아봤는데, 현우는 미국 갔고, 선규는 문과고, 지욱이는 이미 다른 과외를 받고 있고. 그러면 한이랑 하겠다고 하더라고요.」

그녀는 복잡한 사거리의 신호등을 살폈다. 그녀가 주로 수업하는 동네의 도로는 교차로가 복잡해서 정신을 바짝 차려야 했다. 자칫하면 외곽 도시로 빠져들게 될 수도 있었다. 그녀는 곧 꺼질 것 같은 파란 불을 보면서 대답했다.

「한이 얘기도 들어 봐야 해서요.」

「한이도 하고 싶다고 했어요.」

파란불은 노란불로, 그리고 빨간불로 바뀌었다. 그녀는 브레이크를 밟으며 되물었다.

「한이가요?」

「네, 전에 왔을 때요. 엄마한테 물어보겠다고 하더라고요.」

그녀는 지난주에 한이가 과외 얘기를 꺼냈던 걸 떠올렸다. 그녀는 과외비를 듣고 그건 너무 비싸지 않니, 하고 대답했다. 한이는 순순히 고개를 끄덕였다. 그게 다였다.

「혹시 비용이 문제라면 너무 신경 쓰지 마세요. 우리 쪽에서 제안한 거니까 어느 정도 맞춰서 하자고요.」

태류 엄마는 커피는 제가 살게요, 같은 말을 하듯이 말했다.

210번지의 아이는 영어 과목만 들었다. 수업 시간은 이십 분이었다. 다음 수업까지는 두 시간이 비었다. 아이 엄마에게 국어나 한자 과목도 있다고 말해 봤지만 다른 건 필요하지 않다는 답변만 들었다. 그녀는 마주 보고 앉아 있는 아이의 공책에 손을 뻗어 알파벳을 써주었다. 교사가 되고서 잘하게 된 것은 알파벳을 거꾸로 쓰는 일이었다. 맞은편에 앉은 아이에게 알파벳이 제대로 보이도록. 그녀가 쓴 알파벳을 보고 아이는 박수를 쳤다.

「선생님 잘한다.」

「이 알파벳은 뭐라고 했지?」

「한자 선생님도 한자 거꾸로 잘 써요.」

「한자 선생님이 있어?」

「국어 선생님도 글자 거꾸로 잘 쓰고. 선생님들은 다 거꾸로 잘하나 봐요.」

수업이 끝난 뒤에 그녀는 노트를 보면서 아이 엄마에게 아이가 읽기 시작한 알파벳과 어려워하는 알파벳을 알려 주었고 아이가 분홍색보다 파란색을 좋아한다더라고 전해 주었다. 아이 엄마는 떨떠름한 표정으로 고개를 끄덕였다. 그녀는 본사의 지침대로 가져온 국어와 한자 교재를 꺼냈다.

「저희 한자랑 국어 교재 참 좋거든요. 그냥 드릴 테니까 한번 보세요.」

「아녜요. 이것도 다 선생님 돈일 텐데 도로 가져가

190

세요.」

「이 정도는 괜찮아요. 정말이에요.」

아이 엄마는 머뭇거리다가 말했다.

「사실은 다른 곳에서 다 한 과목씩 듣게 하고 있어요.」

「한 과목씩이요?」

「학습지 회사마다 주력 과목이 다 다르다던데요. 여기는 영어가 제일 낫고요. 한 회사가 모든 과목을 다 잘 가르칠 수 없는 건 당연한 거니까요.」

그러니까 더 이상 이런 교재는 가져오지 않아도 된다고 아이 엄마는 덧붙였다. 아이에 대해서 사소한 것까지 메모해 오는 건 고맙지만 중요한 것은 그런 게 아니라고도 했다.

그녀는 서른 중반이 넘어서 입사했고 어린 교사들보다 뭔가를 더 해야 한다고 여겼다. 매일 그날 수업하는 아이들의 이름표가 붙은 노트를 대여섯 권씩 들고 다니면서 틈날 때마다 메모를 했다. 아이들이 과자를 던져도, 처음 들어 보는 욕을 해도, 발을 구르면서 생떼를 써도 적어야 하는 건 꼭 적었다. 아이가 하는 말과 행동, 수업 진행 상황, 지난주에 비해 달라진 것들까지. 그녀는 삼 년 동안 오백 명이 넘는 아이와 오백 명이 넘는 부모를 봐왔다. 육아가 어렵다고 말하는 부모들은 대부분 잘하고 있는 사람들이었다. 자신이 아이에 대해 모르는 게 있다는 것과 노력할 일이 더 남아 있다는 것을 인정하기란 얼마나 어려운 일인지 그녀는 알았다. 그토록 어렵게 인정하고 노력해도 아이는 결국 부모가 다 알지 못하는 사람으로 커버린다는 것도.

그녀는 210번지의 가파른 계단을 걸어 내려가면서 자꾸 뒤를 돌아보았다. 다시 초인종을 눌러 볼까. 당신이 없을 때, 당신이 없는 곳의 아이가 어떤 아이인지 알려 주는 것보다 중요한 게 뭐냐고 물어볼까. 다음 수업까지는 한 시간 삼십 분이 넘게 남아 있었다. 그녀는 삼십 분에 천오백 원씩 추가되는 공용 주차장에서 차를 끌고 나와 사 차선 도로를 건넜다.

*

일을 시작하고 한이가 학원과 독서실을 다니게 되면서부터 그녀는 하루 동안 한이의 어떤 장면들만을 보게 되는 것 같았다. 아침에 집을 나서는 한이. 학원 건물 앞에 서 있는 한이. 하루 단위로 찍힌 사진 같은 조각들이 그녀에게 주어졌고 그녀는 늘 필름이 부족하다고 느꼈다. 한이는 이제 겨우 열여섯 살이었다.

그녀는 학원 건물 맞은편에 차를 세우고 창문을 내리려다 멈칫했다. 옆의 아이에게 뭔가를 말하고 있던 한이가 갑자기 손을 들어 올렸다. 아이는 순간적으로 움찔한 뒤 웃음을 터뜨렸다. 한이는 아이의 어깨를 툭툭 치면서 입을 열다가 그녀의 차를 발견했다.

그녀는 한이의 가방을 받아서 뒷좌석에 놓아 주며 물었다.

「친구야?」

「그냥 아는 애.」

「친하니?」

「그냥 그래.」

그녀는 백미러로 한이의 친구가 멀어지는 것을 지켜보았다. 밤이 어두워서 그 애의 얼굴은 잘 보이지 않았고 곧 시야에서 사라졌다. 그녀는 핸들에 손을 올려놓고 한이에게 말했다.

「태류랑 하는 과외, 해도 돼. 엄마가 시켜 줄게.」

한이가 그녀를 돌아보았다.

「태류 엄마 만났거든. 지난주에.」

「어디서?」

「엄마가 수업 나가는 곳 근처 아파트. 거기 산대.」

너도 알지? 그녀가 덧붙여 물었다. 한이는 고개를 젖히고 눈을 천천히 깜박였다.

「비싸다고 했잖아.」

「엄마가 잘 몰라서 그랬지. 비싸도 좋은 거면 해.」

한이는 교복 단추를 만지작거렸다. 그러다가 고개를 끄덕였다.

「태류랑 아직 친했어? 엄마는 그것도 몰랐어.」

「싸운 적도 없는데 뭘.」

그건 그렇지만, 하고 그녀는 말을 멈췄다. 그녀는 왜 한이와 남편을 데리고 그 학교와 그 동네를 떠났을까? 그 동네의 교실들을 다른 교사에게 넘기면서까지. 그녀도 그 교실의 아이들이나 학부모들과 싸운 적은 없었다. 그래도 포기했다. 그래야 한다고 생각했으니까.

그녀는 한이의 얼굴을 물끄러미 바라보다가 오른쪽 턱에서 작은 상처를 발견했다. 한이는 몸을 살짝 뒤로 빼면서 샤프에 긁혔다고 말했다. 아팠겠네, 그녀가 말하자 한이는 고개를 저었다. 자신에게는 아무 문제가 없다는 듯이. 그리고 스마트폰의 액정을 두드리다가 말했다. 아, 죽었어. 그녀는 핸들을 매만지면서 한이의 스마트폰을 흘끗 봤다. 한이는 화면을 다시 눌렀다. 다른 캐릭터가 생성됐다.

「그거 재밌어?」

「그냥 할 만해. 아, 또 죽었네.」

「좀 더 쉬운 걸로 해.」

「요즘엔 다들 이거 해.」

한이의 스마트폰 화면 안에서 새로운 게임이 계속 빠르게 이어졌다. 그녀는 한이에게 그런 게임은 하지 말라고 말하지 않았다. 대신 그녀는 마트에서 살 게 있다고 말했고 빌라 단지 입구에서 한이를 내려 주었다. 그리고 지하 주차장으로 내려갔다.

그녀는 안전벨트를 푼 뒤 한이의 이름이 적힌 노트와 펜을 꺼내서 짤막한 단어들을 적었다. 게임. 캐릭터. 죽음. 할 만한 것. 또 새로운 캐릭터. 손바닥만 한 노트 한 장이 가득 찼고 그녀는 글자 위에 그대로 글씨를 계속 썼다. 반복되는 단어들, 글자가 겹쳐서 모든 글자를 알아볼 수 없게 되었을 때 그녀는 그 페이지를 찢어냈다. 중요한 건 그런 게 아니에요. 210번지 아이 엄마의 말이 귓가를 맴돌았다. 그녀는 사실 아이들의 노트에 적은 모든 말을 학부모에게 알려 주지는 않았다. 아이가 술 취한 아빠에게 들은 말이나 외가는 좋아하면서 친가에는 가기 싫어하는 이유 같은 걸 학부모에게 전해 줄 수는 없었다. 이런 문장들을 넘기고 그들에게 말해 준 건 아이가 좋아하는 색깔 따위였다. 그녀는 다음 종이에 줄을 맞춘 정자체를 썼다.

한이는 태류와 싸우지 않았다.

그래서 계속 태류와 친구로 지낸다.

한이는 어려운 게임을 하고 한이의 캐릭터는 자주 죽는다.

턱이 샤프에 긁혀서 손톱만 한 상처가 있다.

그녀는 아래에 날짜를 적었다. 이 네 문장이 오늘의 한이였다.

*

이틀 뒤 본사의 교육장은 각 지역에서 온 교사들로 붐볐다. 특별 강사의 교육이 시작되기 오 분 전이었다. 빈 의자가 없어 보였다. 그녀는 사람들을 헤치며 뒤편으로 가서 섰다. 그때 그녀의 휴대폰이 울렸다. 화면에는 〈태류 엄마〉가 떠 있었다. 특별 강사가 언제 들어올지 몰라서 그녀는 거절 버튼을 눌렀고 이후에 문자 메시지가 왔다. 과외의 첫 수업 일정과 과외 장소는 태류네 집이라는 내용이었다. 그 아래에는 한 문장이 더 붙어 있었다. 쉬는 시간에는 우리 집에 와서 애들 과외받는 것도 보세요. 교사들이 박수를 쳤다. 특별 강사가 들어와 강단에 섰다. 그녀는 강단을 흘끔거리면서 태류 엄마에게 답장을 보냈다. 태류 엄마, 혹시 아직 학부모회 회장이세요?

특별 강사는 자기소개를 마치고 교사들을 둘러보았다. 그러더니 빙그레 미소를 지었다.

「저도 학습지 교사 십이 년 차인데요. 여기로 수업하러 올 때는 마음이 편합니다. 적어도 여러분은 제 손가락을 물거나 엄마어디 있냐고 울지는 않잖아요.」

여기저기서 웃음이 터졌다.

「말하자면 여기는 저한테 썩 괜찮은 교실인 거죠. 여러분에게는 어떤가요? 여러분이 수업을 듣는 이 교실 말입니다.」

생각지 못했던 질문에 교사들이 서로를 바라봤다. 앞쪽에 앉은 교사가 큰 소리로 말했다.

「당연히 좋죠. 주차장이 이렇게 넓고 무료인 곳은 별로 없어요.」

공감하듯 웅성거리는 소리가 났고 누군가 뒤이어

말했다.

「화장실도 마음대로 쓸 수 있고요.」

「아니, 무엇보다 애가 없잖아.」

「학부모도 없고.」

「그러면 주차장이 있고 화장실이 있고 사람이 없으면 최고의 교실인 건가요?」

특별 강사가 묻자 교사들이 깔깔거리며 동의했다. 강사는 고개를 저었다.

「아닙니다. 여러분이 학생인 곳이 가장 최고의 교실이죠.」

교사들이 환호했다. 그러니 이 수업을 잘 들어 주세요, 하고 강사는 강의를 시작했다. 강사의 의도와는 달리 그녀는 그 말 때문에 딴생각이 들었다. 우리가 학생인 곳이면 최고의 교실이라고? 그녀는 자신이 자랐던 교실을 떠올렸다. 아무에게도 말해 본 적 없는 그 교실을. 학생으로서든, 선생으로서든 그곳으로는 돌아가고 싶지 않다고 생각해 왔다. 그런 교실로는 한이도 보내고 싶지 않았다.

특별 강사는 칠판에 교사, 학생, 학모를 썼다.

「여러분에게 가장 중요한 건 뭘까요?」

그는 대답을 기다리지도 않고 세 단어를 삼각형으

로이었다.

「관계입니다. 회원을 늘리는 것, 쾌적한 교실을 배정받는 것, 전부 관계에서 시작되죠. 현재 학생과 학모와의 관계만이 아닙니다.」

교육장은 조용해졌다. 그는 교사를 중심으로 다른 방향의 선을 그었다.

「여러분 주위에 있는 모든 관계가 여러분의 실적과 환경, 앞으로의 미래를 만듭니다.」

삼 년 전에 그녀는 그 말을 이해하지 못했다. 그때 그녀는 신입이었다. 지국장과 선배 교사들은 그녀에게 대부분 친절했다. 어떤 선배 교사는 그녀를 걱정스러워하기도 했다. 그녀가 배정받은 교실 중 209동에 유난히 까다로운 학모들이 많다는 거였다. 지국장도 참, 그런 교실은 베테랑한테 줘야지. 새파란 신입이 그런 학모를 어떻게 맡으라는 거야. 선배는 조용히 중얼거리며 혀를 찼다. 그러다 지나가는 투로 말했다. 209동, 내가 맡아 줘? 고맙다고 인사하는 그녀에게 선배가 고개를 저었다. 고맙긴. 나도 선배들한테 받은 대로 해주는 거야.

209동에 근처 초등학교의 학부모회 회장이 있었다는 건 한 달이 지나서야 알았다. 학부모회 회장과

연줄이 닿으면 회원이 굴러들어 오게 되어 있다는 것도. 학부모회 회장은 다른 지역구의 학부모회 회장과도 인맥이 있었다. 학부모회 회장에게 타 지역의 회원을 소개받아 본사에 넘기면 그만큼의 인센티브를 받았다.

일 년 육 개월 전 태류 엄마가 학부모회 회장이라는 걸 알게 되었을 때 그녀는 이 일이 자신에게 기회인지 아닌지를 생각해야 했다. 태류 엄마는 수업과 수업 사이의 쉬는 시간을 보내는 일이 곤란하다는 그녀를 안쓰러워했다. 그녀는 원한다면 더 힘들고 더 곤란한 사정을 말할 수도 있었다. 주택가 주변에 화장실이 없어서 용변은 늘 학생 집에서 해결해야 한다는 이야기, 수업을 그만두는 휴회 회원이 많아지면 본사에서 압박이 들어와 휴회 처리를 하지 않고 회비를 대신 지불한다는 이야기. 캠퍼스를 걷고 교수실에서 커피를 마시는 태류 엄마가 이해하지 못하는 것들이었다. 그러나 막상 태류 엄마를 만나면 다른 말을 할 수가 없었다. 옥상에서 뛰어내린 아이에 관한 이야기 외에는.

학교 폭력 대책 자치 위원회와 경찰 조사의 결론은 자살의 동기가 학교 폭력이라고 확신할 수 없다는 것이었다. 학부모들이 위로금을 모아 피해 학생의 부모에게 전달했고 아이들의 처분은 교내 봉사로 끝났다. 모든 일이 마무리되었을 때 그녀는 한이를 전학시켰다. 이후에는 그 학교 근처의 교실을 더 좋지 않은 교실과 맞바꾸어야 했다. 한이는 새 학교에 다녔고 그녀는 낯선 교실에 수업하러 갔다. 태류 엄마에게서 안부를 묻는 연락이 두어 번 왔지만 피해 버렸다. 그런 불미스러운 일은 그녀와 한이의 인생에 처음부터 일어나지 않았던 것처럼. 하지만 한이는 태류와 여전히 친구였다. 태류 엄마는 아직 학부모회 회장이었다. 그녀는 먼 길을 건너왔다고 생각했는데 대부분이 그대로였다. 아니다. 어쩌면 그대로인 건 그녀인지도 모른다. 한이도, 태류 엄마도, 태류도 그 일과 상관없이 살아왔는데 그녀만 일 년 전의 그 시간에 머물러 있는 걸지도.

특별 강사가 학모들에게 신뢰를 얻은 노하우, 학생들과 친해지는 방법을 설명하는 동안 그녀는 일 년 육 개월 전에 했던 고민을 다시 했다. 이게 또 한 번의 기회인지에 대해.

교육이 마무리되면서 교육장은 가방을 챙기는 사람들로 소란스러워졌다. 특별 강사는 어수선한 교사들에게 마지막으로 말했다.

「여러분의 목표를 잊지 마세요. 수업과 교실을 늘리는 일 말입니다.」

*

일주일 뒤에 한이와 태류가 첫 수업을 할 때까지 태류 엄마의 답장이 오지 않았다. 그녀는 수업하다가 남는 시간에 한이를 학교에서 태워 왔다. 한이는 친구의 뒤통수를 툭툭 건드리면서 걸어와 그녀의 차에 탔다. 그녀는 안전벨트를 매는 한이에게 물었다.

「친한 친구도 아니라면서 왜 머리를 건드려?」

「장난친 거야.」

「안 친한데 장난을 쳐?」

「그러다 친해지고 그러는 거지 뭐.」

「그럼 그 애한테도 친해지려고 그랬던 거야?」

그녀는 옆 차선에 끼어들기 위해 사이드 미러를 보면서 물었다. 한이는 그 애? 하고 되물었고 그녀는 재작년에 죽은 애 말이야, 하고 대답했다. 깜빡이를 켜고 핸들을 꺾으면서 한이의 대답을 기다렸다. 차는 중앙 차선에 들어섰고 적막이 흘렀다. 그녀는 다시 물었다. 그 애한테는 어떻게 했어? 한이는 안전 벨트를 만지작거리다 되물었다.

「갑자기 그건 왜?」

「그땐 말 안 해줬잖아.」

「별거 안 했어.」

「그러니까 말해 봐. 이제는 괜찮아.」

그녀의 목소리는 차분했다. 혼내려고 묻는 게 아니라는 말도 덧붙였다. 그녀는 자신이 그 일을 알아야 한다고 말했다. 조금 뒤에 한이는 괜히 성을 내듯이 대답했다.

「컴퍼스 갖고 온 거. 난 그런 거밖에 안 했어.」

그녀는 두 손으로 핸들을 잡았다. 손등에 돋은 핏줄이 파랬다.

「컴퍼스? 그걸로 뭘 했는데?」

「그냥 그걸 보라고 했어. 그게 다야.」

「너, 그 애가 뾰족한 걸 무서워하는 거 몰랐니?」

그 애의 선단 공포증에 대해서는 그녀도 알고 있었다. 발인 이후 처음으로 학교 폭력 의혹을 제기한 인터넷상의 글에서 그녀는 그 단어를 보았다. 인터넷에 떠도는 글을 전부 신뢰할 수는 없다고, 학교 폭력 대책 위원회에서 교장이 말했다. 그녀도 그때는 그렇게 생각했다.

「그냥 보여 주기만 한 거야.」

한이는 재차 말했다. 찌르거나 하지는 않았어. 아니, 그러니까. 그녀는 한이의 말을 잘랐다.

「그 애가 그런 걸 무서워하는 거 몰랐냐고.」

한이는 대답하지 않았다. 그녀는 돌연 클랙슨을 내리치며 브레이크를 밟았다. 시끄러운 경적이 울렸고 한이는 놀란 눈으로 그녀를 돌아봤다.

「운전을 험하게 하네.」

그녀는 지나가는 차를 노려보면서 중얼거렸다. 한이는 안전벨트를 잡고 침을 삼켰다. 그녀는 그때 당시에도 한이에게 소리를 지르지 않았다. 교복 셔츠를 빨아다 주고 블루베리를 갈아 건네면서 조심스럽게 물었다. 왜 그랬어, 어쩌다 그랬어, 어디까지 그랬어. 한이는 입을 열지 않았다. 그녀는 남편이 말한 대로 한이는 그저 깍두기일 거라고 믿었다. 그러니까 자신까지 한이를 내몰아서는 안 된다고.

차 안에서는 친절한 음성 메시지만 들렸다. 사고 다발 지역입니다. 전방에 과속 방지턱이 있습니다. 어린이 보호 지역입니다. 태류네 아파트를 목적지로 설정해 놓은 내비게이션이 시키는 대로 그녀는 핸들을 돌렸다. 한이는 조용히 있다가 아치형 정문 앞에서 내렸다. 비닐봉지를 들고 오던 태류가 한이와 마주쳐서 함께 아파트 단지 안으로 들어갔다. 그녀는 서로 다른 교복을 입고 걸어가는 아이들의 뒷모습을 바라보았다. 그때 한이는 자신이 왜 전학을 가야 하는지를 끝까지 납득하지 못했다. 나라면 가만히 있었을까. 그녀는 작년보다 키가 더 자란 한이를 보면서 생각했다. 내가 그 애의 엄마였다면 한이가 저렇게 걸어가도록 내버려두었을까. 그 아이가 내 아이였다면.

그녀는 문득 한이가 낯설어 보였다. 태류 옆에서 바닥을 툭툭 차며 걸어가는 뒷모습이 그녀가 모르는 아이인 것 같았다. 아이들이 시야에서 완전히 사라지자 그녀는 한이의 이름표가 붙은 노트를 꺼내 앞장을 넘겨봤다. 장마다 어제의 한이, 그제의 한이, 지난주의 한이가 있었다. 이게 모두 같은 사람이고 그녀의 아들이라는 게 이상하게 느껴졌다.

한이가 이 학교에서 사귄 친구들은 다들 순해 보인다. 이제 완전히 적응한 것 같다.

이게 그녀가 봤던 지난달의 한이였다. 뭘 보고 이렇게 썼지? 그녀는 노트를 한참 들여다봤다. 이 문장

을 쓸 때 그녀가 무슨 생각을 했는지 떠올리려고 했지
만 기억나지 않았다.

*

　다음 교실은 준신축 빌라인 드림 빌라였다. 주차장
은 아주 넉넉하지는 않았지만 잘 찾으면 빈 곳이 있었
고 학부모들도 교양 있는 데다가 아이도 열 살답지 않
게 묵묵하고 차분했다. 무엇보다 이곳에서는 세 개의
수업을 맡겨서 한 시간 동안 수업할 수 있었다. 이십
분 동안 한자를 공부하고 영어로 넘어가기 전에 아이
가 화장실에 갔고 그녀는 두 면이 전부 책장인 아이의
방을 둘러보았다. 각종 위인전부터 고등학생이나 되
어서야 볼 수 있을 책들과 각종 명언이 붙은 침대 위
벽면, 최신형 컴퓨터와 태블릿까지.
　그녀는 아이가 없는 방에 혼자 있었던 적이 많지 않
았다. 그리고 한이의 방에서도 이렇게 가만히 앉아
있어 본 적은 없다는 사실을 깨달았다. 아이들은 자
기 방에 혼자 있을 때 어떤 생각을 할까.
　벌써 오 분이 지났다. 방을 나가자 거실 쪽에서는
아이 엄마가 누군가와 통화하는 소리가 들렸다. 조심

조심 걸어가서 화장실 문을 노크했다. 안에서는 인기척이나 물소리도 들리지 않았다. 그녀는 다시 고개를 내밀어 거실과 부엌을 내다봤지만 아이는 어디에도 없었다. 무엇보다 화장실의 불이 켜져 있었다. 그녀는 화장실 문을 조금 더 세게 두드렸다.

「괜찮아? 선생님이야. 걱정돼서 그래.」

「네.」

문이 열렸다. 아이가 아무 일도 없었다는 듯이 화장실을 나왔다. 그리고 방으로 걸어갔다.

「어디 아픈 건 아니지? 조금이라도 아프면 지금 바로 말해 줘야 해.」

영어 교재 옆에 아이의 이름표가 붙은 노트를 꺼내 놓고 그녀가 말했다. 아이는 책상에 앉아서 책을 펼치면서 무심하게 대답했다.

「아픈 건 아니에요.」

「정말이야?」

「그냥 하기 싫어서 그랬어요.」

「그렇구나. 학교 공부가 많이 힘들지?」

「학교 공부는 괜찮은데. 어차피 해야 하는 거니까.」

「그러면? 학원이 너무 많구나?」

「학원도 그냥 다닐 수 있는데. 집에서는 안 하고 싶

어요.」

그녀는 말문이 막혔다. 그렇구나. 학교에서도 학원에서도 공부하니까 집에서까지 공부하는 게 너무 힘들겠구나. 그렇게 말해 줘야 하는데. 그녀는 아이의 노트에 뭔가를 적으려다가 펜을 딸깍거리기만 했다. 그러다 목을 가다듬고 입을 열었다.

「그러면 다른 선생님하고도 한번 해볼래?」

「아니요.」

아이가 고개를 저었다.

「그냥 아무도 안 왔으면 좋겠어요.」

*

어디로 가야 하지? 수업이 끝난 뒤 주차장에서 그녀는 잠깐 서 있었다. 분명히 넓지도 않은 주차장인데 차를 찾는 게 생각보다 오래 걸렸다. 차를 찾아서 차 안의 열기가 빠져나가도록 차 문을 열었다 닫았다 하는 동안에도 생각했다. 다음 교실은 어디더라? 한이는 아직도 가끔 전학 가기 전의 학교에 대해서 이야기했다. 교복이 예뻤고 급식이 맛있었고 젊은 선생님들이 더 많았다고 했다. 그곳은 한이에게 좋은 학교였다. 그 애에게는 그렇지 않았겠지만. 학교 폭력 대책 위원회가 열렸을 때 그 애는 글을 쓰고 싶어 했는데 부모가 엄격하게 반대했다는 사실이 밝혀졌다. 그 애가 옥상에서 투신한 날은 가고 싶어 했던 백일장이 열리던 날이었다는 것도. 그 애에게는 집도 좋은 교실이 아니었구나. 한이에게 지금의 집은 어떨까. 질문이 끝나지 않았다.

태류 엄마는 전기 자전거를 세워 둔 현관과 미술품이 걸려 있는 복도를 지나 널찍한 거실로 그녀를 안내했다. 수업 중이에요, 태류 엄마는 거실에서 열 걸음 정도 떨어진 서재를 가리키며 속삭였다. 한 뼘쯤 열린 서재의 미닫이문 너머로 한이의 옆모습이 보였다. 한이는 태류에게 샤프심을 내어 주면서 말했다. 샤프심 좀 가지고 다니라니까. 네가 가지고 다니잖아. 태류는 비죽 웃으며 한이의 머리를 쓰다듬었다. 한이는 참나, 하고는 웃었다.

태류 엄마는 부엌으로 들어갔고 서재에서 과외 선생이 타이머를 누르는 소리가 들렸다. 시, 작! 태류와 한이는 동시에 고개를 숙이고 문제를 풀었다. 한이 삼 번 문제 풀었다, 태류 아직 이 번이네. 과외 선생은 태류와 한이의 문제지를 번갈아 보면서 옆사람의 속도를 알려 주었다. 태류는 자세를 고쳐 앉고 글씨를 더 빨리 쓰기 시작했다. 한이는 풀이가 막히는지 태류를 흘긋거렸다.

샤인머스캣과 홍차를 내온 태류 엄마에게 그녀는 주위의 학부모들에 관해 물었다. 태류 엄마의 주위에 어떤 학모, 어떤 아이들이 있는지. 이 아파트에 사는 어린아이들은 어떻게 공부하고 어떤 선생님들을 만나는지. 태류 엄마는 그녀의 손을 잡으면서 알아보겠다고 대답했다. 시간 끝! 과외 선생이 선언했다. 한이는 아직 문제를 풀고 있었다. 한이, 그만. 이제 안 돼. 과외 선생은 한이의 시험지를 가져갔다.

잠시 뒤 엘리베이터 앞에서 태류 엄마가 입을 열었다.

「한이 엄마, 저 다음 주엔 집에 없어요. 지방에서 학회가 있어서.」

태류 엄마는 그녀가 오고 싶다면 와도 된다고 말했다.

「오늘처럼 한이 공부하는 거 보면 좋잖아요.」

「아무리 그래도 주인 없는 집에 어떻게 제가.」

「태류가 있죠. 그날은 태류가 이 집 주인이에요.」

엘리베이터가 열렸다. 태류 엄마는 그녀에게 웃어

보였다. 다음 주에 오세요. 그 말은 그녀가 혼자 타서 내려가는 엘리베이터 안에 맴돌았다.

진심일까? 그녀는 버튼을 누른 뒤 중얼거렸다. 태류 엄마는 정말 태류만 있는 집에 다른 사람이 드나들어도 괜찮은 건지 궁금했다. 만일 그렇다고 하면 그녀는 다음 주에 이 집에 오고 싶을까? 그건 또 다른 문제였다. 학부모들끼리 그 아이의 집을 찾아가서 이십 분을 기다리고 오던 날 그녀는 무심코 위를 올려다보았다. 그러다 베란다에서 이불을 걷고 있던 아이 엄마와 눈이 마주쳤다. 그 집은 사 층이었고 아이 엄마는 곧장 돌아서 들어가 버렸다. 위를 올려다보지 말 걸. 그녀는 후회했다. 그 뒤로는 그 집에 가지 않았다. 그 학생이 교실을 고를 수 있었다면 그들이 없는 교실을 골랐을 것이다.

그녀는 드림 빌라 아이의 바람대로 그녀도, 다른 교사도 없는 아이들의 방을 상상해 보았다. 그 방의 주인인 아이들조차 놀이터에, 분식집에, 공원에 가버린, 아무도 없는 빈방을. 침대는 아이들이 자고 일어난 모양대로 이불과 인형이 널브러져 있다. 컴퓨터와 태블릿은 모두 꺼졌다. 열린 창틈으로 바람이 불어오고 방은 고요하다.

내리고 보니 일 층이었다. 그녀는 지하에 내려가지 않고 아파트 밖으로 나왔다. 몇몇 사람이 아이를 안거나 손을 잡고 단지를 돌아다녔다. 아이들이 놀고 있는 놀이터와 정원을 지나서 주차장으로 돌아갔다. 아파트 단지를 빠져나와 큰길의 사거리를 향해 액셀을 밟았다. 내가 지금 어디로 가고 있지. 그녀는 신호등을 보면서 중얼거렸다. 사거리 너머에 켜져 있는 초록불이 곧 노란불로 바뀔 것 같았다.

탈

마스크가 고장 났다. 거울 앞에서 마스크를 쓰고 전원을 켰더니 화면이 우주인의 헬멧처럼 캄캄하기만 했다. 이 액정 위에 내가 설정해 놓은 얼굴이 떠야 하는데 그 기능이 먹통이었다. 화면을 끄면 투명한 강화 유리 안의 내 얼굴이 보였다.

출근길에 수리 센터에 들렀으나 고치지 못했다. 이런 게 흔한 일이었는지 수리가 밀려 있어 오늘 저녁에야 대기를 걸어 놓을 수 있었다. 대여 마스크도 지금은 품절이었다.

수리 센터를 나오면서 한숨을 쉬자 화면이 꺼진 투명한 액정에 김이 서렸다. 안경을 쓴 사람이 라면을 먹을 때 놀림당하듯이 화면을 꺼놓고 한숨을 쉬는 것도 남들이 보면 웃을 일이었다. 서둘러 화면을 켰지만 얼굴 없는 까만 화면이 더 창피하지 않나 싶은 생각이 들었다. 고민하다가 일단 지하철역으로 뛰기 시작했다. 하늘은 이렇게 맑은데 마치 비를 피하려는 사람처럼.

한때는 마스크가 천이나 면 재질이었던 시기도 있었다. 전자 마스크가 본격적으로 출시된 건 전 세계를 뒤집어 놓은 바이러스가 눈으로도 감염된다는 연구 결과 때문이었다. 천 마스크에 이어 전자 마스크 착용이 당연해질 무렵, 기술력이 가장 앞서던 모 대기업에서 특정 얼굴을 저장해 화면에 띄우는 마스크를 개발했다. 학생들 사이에서는 연예인 얼굴을 띄우고 쓰는 게 유행했고 자기 얼굴을 사용하는 성인들도 회사용 얼굴, 외출용 얼굴을 다 다르게 저장했다. 액정을 몇 번 터치하기만 해도 화장을 하거나 눈을 키우고 코를 높이는 등 원하는 대로 이목구비를 손볼 수 있었다.

덕분에 연령대를 막론하고 화장품 구매율과 미용 목적의 성형 수술 비율이 현저히 줄었다. 더 이상 큰돈을 들이고 리스크를 감수하며 수술을 받거나 매일 아침 화장을 할 필요가 없어졌으니까.

한쪽에서는 지방 흡입 수술이나 다이어트 보조제

사업은 전에 없이 성행하고 있고 외모 지상주의는 오히려 더 심해졌다고 지적했다. 더불어 얼굴과 표정을 빼앗아 간 대기업의 천민자본주의적 행태와 임의로 설정한 얼굴 뒤로 본연의 얼굴을 숨기는 비인간적 사회를 비판하는 칼럼이 수십 개씩 쏟아져 나왔다. 어떤 전문가들은 바이러스가 완전히 종식되더라도 아무도 마스크를 벗지 않을 거라고 확신했다. 각종 전문가가 칼럼에서, 텔레비전의 교양 프로그램에서, 자신의 SNS에서 쉬지 않고 자신의 견해를 밝혔다.

나는 그 사람들처럼 가방끈이 늘어지게 배운 사람은 아니었다. 아는 것도 많지 않고 조리 있게 말하는 방법도 모른다. 다만 한 가지는 확신할 수 있었다. 진짜 얼굴을 보고 대화하는 시대가 끝났다고 한탄하는 사람은 서비스업 종사자는 아닐 것이다. 신도시 대형 마트에서 밀폐 용기 세트나 오천 원짜리 상품권을 받으러 온 사람들에게 아가씨, 일하기 싫어? 라는 말을 들은 직후에 한 롤을 쓴 휴지 묶음을 교환하러 온 사람에게 웃어? 내가 우스워? 라는 말을 듣는 게 일상인 사람이라면 진짜 얼굴로 대화하던 시대를 그리워하지는 않을 테니까.

예전에 얼굴이나 표정을 가지고 이러쿵저러쿵하

던 건 고객들뿐만은 아니었다. 차장과 과장, 나와 같은 직급인 대리들까지 오늘은 화장이 어떻고 뾰루지나 다크서클이 어떻고 떠들어 댔고 심지어는 대뜸 얼굴이 왜 그러냐는 말도 들어 봤다. 천 마스크를 쓰던 시기부터 이런 말들이 줄어들더니 전자 마스크가 대중화되자 외모에 대한 언급이 거의 사라졌다. 나로서는 업무 시간 내내 최적의 컨디션으로 사무적이고 균일한 미소를 유지할 수 있는 마스크가 만족스러웠다.

그래도 고객들은 다양한 방법으로 불만을 표출하기는 했다. 진짜 얼굴을 보이라고 위협하기도 했고 액정을 손가락으로 툭툭 치기도 했다. 패스트푸드점과 영화관도 점원들을 키오스크로 대체하는 시대에 컴플레인트를 받는 곳에 사람만 두는 이유를, 박 차장은 이렇게 설명했다.

고객들은 일은 기계한테 시키고 화는 사람한테 내고 싶어 합니다. 다행이지 않습니까? 그렇게라도 아직 사람이 할 일이 남아 있다는 게.

그건 사실이었다. 고객들이 사람에게 화를 내고 싶어 하는 덕분에 나는 잘리지 않은 채 안정적인 월급과 사대 보험을 보장받고 있었다. 그리고 정체불명의 바이러스 덕분에 마스크 안으로는 정색하면서도 밖으로는 흔들리지 않는 미소로 응대할 수 있는 것이었다.

그런데 그 미소가 고장 나버렸다. 회사용 얼굴이 망가진 것이다. 마트에 들어서서 빠르게 탈의실 쪽으로 걸어가다가 윤 과장을 마주쳤다. 윤 과장이 길을 가로막고 제지했다.

손님, 아직 영업 전입니다. 들어오시면 안 돼요.

과장님, 저 한 대리예요. 한정희요.

검은 마스크를 쓴 얼굴을 숙이며 속삭였다. 이제 막 출근해 유니폼을 입기 전이고 명찰도 달지 않은 데다 얼굴이 없으니 나를 몰라보는 건 당연했다. 그러나 삼 년을 같이 일한 직속 상사에게 다급하게 이름을 밝히는 건 어쩐지 창피한 일이었다.

한 대리?

윤 과장이 눈을 치켜뜨며 물었다.

마스크가 왜 그래?

얼굴이 왜 그래? 물었던 그 윤 과장이었다. 이번에는 할 말이 있었다.

화면이 고장 났는데 수리가 밀려 있어서요. 퇴근하고 맡기러 갈 거예요.

그러면 화면을 꺼놓는 게 낫지 않아? 까만 화면만 보여서 우주인 같아.

망설이다가 화면을 껐다. 투명한 액정 안의 내 얼굴과 마주친 윤 과장이 흠칫했다. 항상 일정하게 정돈된 얼굴만 보다가 갑자기 진짜 얼굴을 봤으니 그럴 만했다.

켤까요, 끌까요.

화면 옆 관자놀이 쪽의 버튼에 손을 올리고 물었다. 이거 참 탈 났네, 윤 과장이 혀를 찼다. 그러다 참, 마스크도 탈 아니야? 탈이 탈 났네, 농담을 던졌다. 나는 웃지 않았고 윤 과장은 헛기침하다가 박 차장에게 가 보자고 제안했다. 일단은 켜놓고 있어 봐. 이 말도 잊지 않았다.

검은 화면을 켜고 윤 과장을 따라 차장실로 걸어갔다. 오픈 준비를 마쳐 가는 입점 매장을 지나치는 동안 직원들이 단정하고 친절한 미소를 짓는 얼굴로 나를 흘끔 돌아보았다. 화면을 끄고 나의 진짜 얼굴로 이 길을 걸었다면 어땠을까. 천 마스크를 쓰던 시절에 깜빡하고 민얼굴로 지하철역까지 갔다가 집으로 돌아오는 길에 입을 가리고 뛰었던 것처럼, 얼굴을 가리고 걷고 싶었을지도 모른다. 그래서 지금은 얼굴을 완전히 가렸는데도 부끄러웠다. 번듯하게 멀끔한 지구인들 사이에 떨어진, 얼굴도 없는 외계인이 된 것 같았다.

박 차장도 난감해했다. 화면을 끈 얼굴을 보고서는 더더욱 그랬다. 윤 과장은 박 차장에게도 탈이 탈 났답니다, 농담을 재활용했지만 차장실에는 정적이 흘렀다. 마스크에 젠틀한 미소를 띄워 놓은 박 차장이 정중히 물었다.

좀 다르게 할 수는 없어요?

그리고 바로 아차 했다. 직원들이 새 얼굴을 끼고 오면 지적하듯 묻던 말을 습관처럼 꺼낸 것이다. 한숨을 쉰 박 차장은 책상에서 탁상용 거울을 가져와 내 앞에 비춰 주었다. 화면이 꺼진 투명한 액정 안의 내 얼굴은 내가 봐도 어색했다. 웃는 것도, 정색하는 것도 아니고, 지친 것도, 활기차 있는 것도 아니었다. 이목구비는 뻣뻣하게 굳었는데 부드러운 표정을 지으려고 근육을 인위적으로 움직이는 얼굴이었다.

마스크를 안 쓰던 때도 있었잖습니까. 그때는 고객들에게 어떤 표정을 지었는지 떠올려 보세요. 윤 과장님, 한 대리 예전에도 고객 응대 잘하는 사람이었죠?

그럼요. 마스크가 필요 없는 유일한 직원이라는 말도 있었는걸요.

힘껏 입꼬리를 올리자 입가의 근육이 파들파들 떨

렸다. 광대와 턱도 뻐근해졌다. 시계를 확인한 박 차장이 서랍에서 포스트잇과 펜을 꺼내서 뭔가를 적었다.

일단은 화면을 켜고 일하러 가세요. 그런데 그냥 검은 화면이면 좀 이상하니까…….

나는 그가 내미는 포스트잇을 받아들었다. 연노란색 포스트잇에는 〈고장〉이라고 적혀 있었다.

탈의실에서 유니폼으로 갈아입고 액정 위에 포스트잇을 붙였다. 거울을 보니 마트 유니폼을 입은, 헬멧이 고장 난 우주인이 서 있었다. 모두 얼굴을 다듬은 지구에 불시착해 갈 곳이 없는 우주인이.

같이 일하는 대리들이 나에게 잠깐 안쓰러워하는 표정을 켜보였다가 관리직이 오기 전에 미소 짓는 얼굴로 바꾸었다. 나도 괜찮다는 얼굴을 켜주고 싶었는데 고장이라고 적힌 포스트잇을 붙인 채 고개를 끄덕일 수밖에 없었다.

영업시간이 되고 몇 분이 지나자 화사한 얼굴을 띤 고객이 성큼성큼 다가왔다. 허리를 바로 세우고 어서 오세요, 라고 말했는데 그 고객은 내 마스크를 흘끗 보더니 나를 지나쳐서 옆자리의 직원에게 갔다.

다음 고객은 나에게 대놓고 물었다.

고장 났어요?

마스크만 고장입니다. 도와드릴까요, 고객님?

아뇨, 됐어요.

고개를 저은 고객이 또 그 옆의 직원에게 갔다.

이 일이 몇 번 반복되자 대리들이 결론을 내렸다. 고객들은 단지 사람에게 화를 내고 싶은 게 아니라, 가짜 얼굴이라도 얼굴이 보이는 사람에게 화를 내고 싶은 거라고. 나는 의아했다. 어차피 화면에만 띄워놓은 얼굴인데. 옆자리의 신 대리가 조용히 속삭였다.

나는 고객들 마음 알 것 같아.

알 것 같다고?

눈도 없는 까만 화면, 계속 보고 있으니까 좀 섬뜩하거든.

그리고는 나를 위로하듯 덧붙였다. 그래도 덕분에 진상은 덜 받을 수 있잖아.

오늘의 내 첫 고객은 네다섯 살쯤 된 아이를 안고 온 부부였다. 그들은 이곳을 찾는 사람들치고는 점잖은 말투로, 삼 만 원 정도의 샤워 가운 소매에 실밥이 뜯어져 있다면서 환불을 요구했다. 제품을 살펴보자 실이 이 센티미터가량 풀려 있었다.

죄송합니다. 해당 이유로는 환불이 어려우세요. 교
환해 드릴까요?

까만 화면으로도 죄송한 마음이 전달되도록 최대
한 조심스럽게 말했다.

아니요, 교환은 됐어요. 다른 걸 사려고요.

실밥 문제로는 교환만 가능합니다. 정말 죄송합
니다.

환불이 안 된다고요? 이 제품에 문제가 있는데요?
정상적인 제품이면 실밥이 풀려 있지 않아야 하잖
아요.

부부 중 남자 쪽이 약간 언성을 높였다. 여자에게
안겨 있던 아이가 엄마, 엄마, 하면서 여자를 툭툭
쳤다.

엄마, 엄마, 저 이모는 왜 얼굴이 없어?

저기요, 제가 돈 때문에 그러는 게 아니고 궁금해
서 그래요. 실밥이 풀려 있으면 잘못 만든 제품이 맞
잖아요.

남자와 아이가 동시에 말했다. 유아용 마스크를 쓴
아이는 공룡의 얼굴을 화면에 띄워 놓고 있었는데 옆
에 있는 여자가 아이의 마스크를 조작했다. 너 참, 이
거 언제 바꿨어? 건드리지 말라고 했잖아. 너 얼굴 저

장해 놓은 거 어딨니? 나는 목소리를 가다듬고 대답했다.

고객님, 이건 잘못 만든 제품이라기보다는, 실사용하시기엔 아무 문제가 없는…….

나 참, 알았어요. 쓸 수만 있으면 다인가.

남자가 샤워 가운을 돌돌 말아 쥐고 걸음을 돌렸다. 아이는 가는 길에도 나를 돌아보면서 소리쳐 물었다. 이모, 이모. 왜 얼굴이 없어요? 아이의 얼굴은 여전히 공룡이었다. 여자는 센터를 나서며 아이를 달랬다. 그런 건 묻는 거 아니야. 너 얼굴은 어딨냐니까?

나 얼굴 있는데. 마스크 안에서 중얼거렸다. 바로 옆에 있는 신 대리에게도 들리지 않을 작은 목소리로. 잘못 만들어서 탈이 난 건 마스크였다. 쓸 수만 있으면 다인가. 남자의 말을 천천히 곱씹었다. 컴컴한 화면 안의 내 얼굴이 지금은 무슨 표정을 짓고 있을지 궁금했다. 덩달아 고장 난 것 같았던 얼굴 근육들은 퇴근하면 돌아오려나. 대여 마스크를 빌리거나 이 마스크를 수리하면 나아지려나. 돌아오지 않으면 어떻게 되지. 마스크는 수리하거나 새로 살 수 있지만 진짜 얼굴은 갈아 끼울 수도 없는데.

어쩌면 그런 건 그렇게 큰일이 아닐지도 몰랐다.

집에서도 가족들과 식사할 때나 거실과 부엌 같은 공용공간을 함께 쓸 때는 전부 각자의 마스크를 쓰고 있으니까. 가족들도 내 얼굴에 어떤 문제가 생겼는지 영영 모르게 될 수도 있었다. 전문가들의 예언대로 바이러스가 종식돼도 아무도 마스크를 벗지 않는다면 말이다. 그렇게 되면 내 얼굴이 부자연스럽게 굳어 버렸다는 건 나만 알게 되는 거였다.

차분하게 저녁의 계획을 세웠다. 퇴근길에 마스크를 고치고 또 고장 날 사태를 대비해 여분의 마스크를 주문하기로 했다. 처음부터 마스크가 두 개였어야 했다. 하나만으로 진짜 얼굴을 대체하려고 했다니. 마스크 두 개만 있으면 진짜 얼굴에 어떤 문제가 생겨도 나는 단정하고 지속 가능한 외모로 직장에 다닐 수 있었다. 가벼워진 마음으로 다음 고객을 기다리며 두 손을 무릎 위에 올렸다. 액정에 붙인 포스트잇이 접착력을 잃고 나풀나풀 떨어졌다. 가지런히 모은 두 손 위에 고장이라는 글자가 내려앉았다.

옆사람

금요일 밤에 그녀는 남편의 전화를 받지 않았다. 그 시간엔 남편에게 말하지 않은 일을 하고 있었다. 남편은 스마트폰으로 택시비를 결제해서 혼자 집에 왔다. 그가 옷을 갈아입을 때 그녀는 침대에 앉아 물었다.

「어쩌다 지갑을 잃어버렸어?」

「도둑맞은 것 같아.」

김이 서린 무테안경을 닦으며 남편이 말했다.

「어디서?」

「버스 탈 때까진 있었어. 가방에 넣어 두고 잤는데 일어나서 보니까 없어진 거야.」

누군가 가방에서 지갑을 꺼내 가는데 잠이 안 깼던 걸까. 그녀는 그렇게 묻지는 않았다. 남편은 아침 여덟 시부터 열두 시간을 일하고 곧장 터미널로 가서 고속버스를 두 시간 타고 왔다. 일요일 오후에도 같은 버스를 타고 내려갈 것이다. 코트와 가디건, 셔츠를 벗고 파자마로 갈아입은 남편은 더 왜소해 보였다.

「고속버스에서 지갑을 훔쳐 갈 수 있는 건 옆에 앉은 사람뿐이잖아. 게다가 난 창가에 앉았거든. 그 사람이 자고 있길래 깨면 물어보려고 했지. 터미널에 도착해서 사람들이 다 내리는데 계속 자는 척을 하더라.」

「이상한 사람이네.」

「당신이 그 사람을 봤어야 하는데. 덩치는 산만 해서는 옷은 더럽고 냄새나고. 뭘 먹다가 떨어뜨려서 줍는 데도 한참 걸렸어. 그러더니 금방 잠든 거야. 저기요, 저기요, 하면서 깨우는데 팔짱 끼고 고개 푹 숙이고 꼼짝도 안 하는 거지.」

「진짜로 자고 있었던 거 아닐까?」

「나도 자는 척이랑 진짜 잠든 것 정도는 구분해. 그렇게 곤히 잠들었다면 숨소리가 안 날 수 없어.」

「그래서 그냥 온 거야?」

이번에도? 그녀는 뒷말을 삼켰다.

「거기서 뭘 어쩌겠어. 기사가 가서 어깨를 흔드는

데도 고집스럽게 버티고 있는데.」

남편은 그녀가 대답하지 않자 혼잣말처럼 말을 이었다.

「지금 생각하니까 너무 괘씸하다. 안 그래? 어떻게 바로 옆사람 물건을 훔치고 자는 척을 해? 버스 회사에 가서 CCTV를 봐야겠어.」

「그거 보려면 경찰 데려가야 하잖아.」

남편은 생각에 잠겼다. 그녀는 이번에는 그가 CCTV를 볼 수 있을까 궁금했다. 내일은 토요일이었다. 낮열두 시에 남편의 친구 결혼식을 다녀온 뒤 저녁 다섯 시에 뮤지컬 공연을 보러 가야 했다. 일요일에는 친정에 가서 식사하고 터미널에서 남편을 배웅해 줄 예정이었다.

「잠깐.」

남편은 가방을 뒤지다가 한숨을 쉬며 말했다.

「뮤지컬 티켓이 지갑에 들어 있어.」

「그럼 경찰서는 공연 시간에 가면 되겠네.」

그녀는 침대맡에 둔 뮤지컬 원작 소설책을 협탁 서랍에 넣었다. 유명 배우만 나오면 예매하고 보는 남편에게 주려고 산 책이었다. 내용을 알고 보는 것과 아무것도 모르고 보는 건 전혀 다르니까. 어쨌든 남편은 뮤지컬을 볼 수 없게 되었고 책도 읽으려 하지 않을 것이다. 그는 숨을 고르더니 화장실에 들어가 치약을 짰다.

「그 티켓까지 보상하라고 할 거야.」

그가 칫솔을 문 채 웅얼거렸다. 그 뮤지컬은 예매가 시작되자마자 매진되어서 남편은 두 자리를 구하기 위해 티켓값만큼의 웃돈을 얹어 암표를 샀다. 두 장을 네 장 가격에 산 셈이었다. 그가 보상받겠다는 건 두 장 값일까, 네 장 값일까.

「티켓값대로 받겠다는 거지?」

그녀는 화장실 문 앞에 서서 남편이 입을 헹굴 때까지 기다렸다. 그는 양치를 마치고 물기를 털면서 말했다.

「내가 그 티켓을 살 때 쓴 돈을 받겠다는 거야.」

「글쎄. 그건 좀 힘들걸.」

「내가 손해 본 금액을 그대로 받겠다는데 왜?」

「경찰서에서 암표값을 다 받고 싶다고 말할 수 있겠어?」

남편은 물을 세게 틀고 세수를 했다. 그녀는 안방으로 가서 침대에 누웠다. 화장실에서 그가 중얼대는 소리가 들렸다.

「나는 그 사람이 도둑질하기 전의 아무 일도 없었던 상태로 돌아가고 싶은 것뿐이야.」

그녀는 눈을 감았다. 도둑질은 그 사람이 했다지만 남편도 뭔가를 할 수 있었을 것이다. 애초에 어떻게든 깨워서 지갑을 돌려받았더라면 아무 일 없이 뮤지컬을 보러 갈 수 있었을 텐데. 그 사람을 만지기 싫었다면 버스 기사가 깨울 때까지 기다리는 방법도 있었다. 그녀가 보기엔 남편은 결정적인 심증을 갖고도 지갑 찾기를 스스로 포기한 거나 마찬가지였다.

「내일 찾을 수 있겠지?」

씻고 나온 남편이 그녀의 옆에 누우면서 물었다. 그녀는 움직이지 않았다. 남편은 한숨을 쉬고 돌아누웠다. 그녀가 아는 남편은 그녀와 함께 사는 삼 년 동안 그녀가 자는 척하는 걸 한 번도 알아채지 못했다. 자는 척한다는 걸 알면서 내버려둔 걸 수도 있었다. 지금 남편도 잠든 척하는 거라면 그는 무슨 생각을 하고 있을까.

*

그 사람은 잠들었던 게 아니었다. 그녀와 남편은

다음 날 아침에 그 사실을 알게 되었다. 결혼식에 입고 갈 옷을 골라 놓고 거실에서 사과를 깎아 먹는 중이었다. 남편은 스마트폰으로 집 근처의 경찰서를 검색하고 있었고 그녀는 텔레비전 뉴스를 보았다. 시위 현장 뉴스가 지나간 뒤 그들이 사는 지역의 터미널이 나왔다. 뒤이어 남편이 타는 고속버스가 보였고 버스 기사가 흥분한 표정으로 인터뷰를 했다.

「흔들어 깨웠는데 꿈쩍도 안 하더라고요. 자세히 보니까 숨도 안 쉬었고요.」

남편이 휴대폰을 내려놓았고 그녀도 사과를 깎던 손을 멈췄다. 기사의 신고를 받고 온 구급차가 한 일은 시신을 안치소에 데려다준 것뿐이었다. 경찰 측에서는 심장 마비에 의한 사망으로 사인을 추측했다. 남편이 얼굴을 쓸어내렸다. 그는 어젯밤까지 버스 회사에 경찰관을 대동해서 버스 내부의 CCTV를 볼 거라고 말했다. 열두 시간 뒤에 그 CCTV를 뉴스로 보게 될 줄 모르고서. 승객들은 모두 모자이크 처리가 되어 있었지만 그녀는 누가 남편인지를 알아보았다. 화면에서 클로즈업된 좌석의 창가 쪽에 앉은 사람일 테니까.

남편의 옆에 앉은 사람이 약을 먹으려다가 약통을

놓치는 장면이 나왔다. 그는 커다란 몸집 때문인지 약통을 쉽게 줍지 못했다. 그녀는 끙끙거리는 그 남자에게서 최대한 멀어지려고 창 쪽에 몸을 붙이는 옆사람을 봤다. 전국에서 지금 이 뉴스를 보는 사람들이 같은 화면을 보고 있을 것이다. 남자는 결국 안전벨트를 풀고 일어나 무릎을 꿇고 엎드려서 의자 밑의 약통을 가까스로 주웠다.

「뭘 저렇게까지 보여 주는 거야?」

남편이 처음으로 입을 열었다. 저런 모습을 보여 주는 건 죽은 사람에 대한 예의가 아니라는 듯이. 아닌 게 아니라 뉴스에서는 그 남자가 숨을 거두고 있는 듯한 장면까지 보여 주었다. 불뚝 튀어나온 배 위에 팔짱을 끼고 있던 남자가 어느 순간 고개를 떨궜다. 남자가 죽은 건 이후였을 수도 있지만 뉴스의 연출은 확실히 남자가 이때 죽은 것처럼 보이게 했다. 시청자들이 더 안타까워하도록. 다음 컷에서는 사람들이 다 내리고 난 뒤 옆사람이 그 남자에게 말을 거는 장면이 나왔다. 남자는 물론 눈을 뜨지 못했고 옆사람은 힘겹게 그 남자를 거쳐 통로로 나간 뒤에 남자를 꼼꼼히 훑어보았다.

「혹시나 지갑을 갖고 있을까 했던 거야.」

그 옆사람, 아니, 남편이 설명했다. 그때 기사가 그들 쪽으로 걸어갔고 옆사람은 어깨를 으쓱해 보인 뒤 버스에서 내렸다. 화면은 기사가 혼자 남은 남자의 어깨를 흔드는 장면에서 다시 좌석에 사람들이 타고 있을 때로 넘어갔다. 그 위에 리포터의 목소리가 겹쳐졌다.

「사람이 가득 찬 고속버스에서 한 시간이 넘도록 아무도 이 시민의 죽음을 알아차리지 못했다는 것은…….」

남편이 텔레비전을 꺼버렸다. 그는 당황한 것처럼 보이기도 했고 화가 난 것 같기도 했다. 그들이 먹다 남긴 사과가 거뭇하게 시들어 보였다. 그녀는 칼끝으로 사과를 건드렸다. 원래 시든 사과였나.

「난 정말 몰랐어.」

이윽고 남편이 우울하게 말했다.

「그런 상태인 줄 알았다면 뭐라도 했을 거야.」

「뭐라도?」

「약통을 주워 준다든지. 아니, 만약 그 사람이 약통을 주워 달라고 부탁했는데 거절했다면 내가 진짜 나쁜 놈이지. 그 사람은 나한테 아무 말도 안 했고 난 그게 약통인지도 몰랐단 말이야.」

긴 침묵이 흘렀다. 그녀는 안방으로 들어가 골라 놓은 옷을 입고 화장을 했다. 오전 열 시가 넘어서였다. 남편은 거실에 혼자 있다가 들어와서 양복으로 갈아입었다. 그녀가 선물했던 시계를 차고 실크 넥타이를 맸다. 그녀 역시 예물로 받았던 가방을 들었다. 그들은 각자 신발장 안 깊숙한 곳에서 아끼는 구두를 꺼내어 신고 말없이 현관을 나섰다.

*

남편이 전화를 걸던 간밤에 그녀는 동네 산책로를 빠져나오고 있었다. 9,876보, 9,877보, 걸음마다 스마트폰 화면에서 숫자가 올라갔다. 숫자 아래에서는 작은 나무가 자라났다. 만 보를 채우면 아시아와 아프리카의 사막 등지에 나무 한 그루를 심어 주는 앱이었다. 그녀는 매주 토요일이 오기 전에 만 보를 채웠고 직장에서도 틈틈이 앱을 켜 완성된 나무들의 목록을 보곤 했다. 9,900보를 넘긴 뒤 배터리가 얼마 남지 않았을 때 남편에게 전화가 오자 수신 거부를 해버렸다. 그때 그녀에게는 사막에 나무를 심는 일이 중요했다. 10,000이라는 숫자와 다 자란 나무 그림을 보는 것도. 그녀는 창밖의 클랙슨 소리를 들으면서 어제의 기분을 떠올렸다. 결혼식이 열리는 호텔의 주변 도로에서 차가 밀려 한참이나 멈춰 서 있었다.

당신 잘못이 아니야. 영화나 드라마에서는 이렇게 말할지도 몰랐다. 그건 사고였고 당신이 어쩔 수 없는 일이었다고. 실제로도 그랬다. 남편이 약통을 주워 주지 않아서 그 사람이 죽은 건 아니었을 것이다. 뉴스에서는 주위 사람들의 무관심이 그를 죽음으로 몰고 간 것처럼 연출했지만 누구도 승객 중 하나가 심장 마비로 조용히 죽어 가는 사실을 알아차릴 수는 없었다. 그녀가 거기 있었더라도 남편만큼이나 그 사람에게 아무 도움이 되지 못했을 게 분명했다. 그런데 그녀는 왜 남편에게 당신의 잘못이 아니라고 말할 수가 없는지 스스로 묻고 싶었다.

웨딩 홀 로비는 차려입은 하객들로 북적였고 코트를 벗어도 될 만큼 훈기가 돌았다. 그녀는 현금 인출기를 찾는 남편 옆에서 기시감을 느꼈다. 그들은 전에 이곳을 와보았다. 웨딩 홀 투어를 다니면서. 그때는 그들의 선택지가 명확했다. 예산이 정해져 있었고 그들은 미적 취향과 하객 인원도 비슷했으니까. 상견례 직후 할 일이 정신없이 쏟아졌지만 둘이서 게임의

퀘스트를 깨듯 하나하나 해나갔다. 주말에는 웨딩 화보를 촬영하거나 혼수와 예단을 보러 다니고 저녁마다 서로의 지인들을 만나 청첩장을 돌렸다. 지역 복지 센터의 직원들에게도 식사를 대접했다. 아직 남편이 무료 급식 봉사를 하고 있을 때였다. 인생에서 가장 바빴던 그 시기에 그녀는 이따금 마음이 여유로웠다. 자기 시간을 아껴 복지 센터에 다녀온 뒤 욕실 타일을 고르고 그녀의 의견을 묻는 남편을 보면 말이다. 지금처럼 서로를 믿고 기대면서 살아요. 복지 센터의 센터장이 하객으로 와서 건넨 덕담이었다. 그녀가 센터장을 본 건 그게 마지막이었다. 현금 인출기는 로비의 가장 안쪽에 있었다. 그녀는 돈을 뽑아 남편에게 빌려주었다.

「많이 친한 친구야? 축의금을 왜 이렇게 많이 내?」

그녀가 묻자 그는 돈을 세다가 턱으로 홀을 가리켰다.

「호텔 결혼식장이니까. 코스 요리가 나오는 데야. 게다가 우린 두 명이잖아.」

그녀는 까마득히 높은 천장을 올려다보았다. 대리석 벽과 바닥에 비치는 샹들리에 조명 때문에 눈이 시렸다. 남편은 돈을 넣은 봉투에 이름을 써서 신랑 쪽

테이블에 냈다. 북적거리는 사람들 틈에서 누군가 남편을 불렀다. 머리에 무스를 발라 넘기고 흰 장갑을 낀 신랑 옆에 친구들이 모여 있었다. 남편은 그녀를 데리고 가서 인사를 나누다가 물었다.

「종훈이는? 아직 안 온 거야?」

「아침에 연락받았는데, 어제 회사 부장 모친상 다녀왔대.」

신랑이 목소리를 낮춰 말했다.

「그래서?」

「그래서는 무슨 그래서야. 장례식 다녀오고 여길 오겠냐.」

남편은 다른 친구들을 돌아봤다. 다들 주머니에 손을 넣고 고개를 끄덕였다. 순간 뭔가가 그녀의 머릿속을 스쳤다. 왜 그 생각을 못 했지. 그녀는 남편의 팔을 살짝 잡아당겼다. 남편이 망설이듯 입을 열었다.

「왜, 장례식 때문에 부정 탈까 봐? 그런 건 미신 아냐?」

「미신을 믿는 게 아니라 예의를 지키는 거지. 남의 경사니까 더 조심해야 하는 거고.」

다른 친구가 신랑을 거들었다. 남편이 그녀를 봤고 그녀는 작게 한숨을 쉬었다. 멀리서 한복을 입은 중

년 여자가 신랑을 불렀다. 신랑은 남편의 어깨를 툭 치고 그녀에게 말했다.

「제수씨, 와줘서 고마워요.」

그리고 사람들 사이로 걸어갔다. 그새 대화는 웨딩홀의 끝없이 높은 층고와 기둥마다 장식된 생화로 넘어가 있었는데 남편이 끼어들었다.

「정말 너희도 다 믿어? 그런 미신을?」

「미신을 믿어서 그러는 게 아니라고.」

누군가 답답해하면서 말했다.

「너 왜 계속 그 얘기야?」

클래식 음악이 흐르는 홀에서 그들만 화환 옆에 서 있었다. 들어가기나 하자. 가만히 있던 친구가 먼저 걸어갔고 나머지는 그 뒤를 따랐다. 남편과 그녀는 무리에서 빠져나와 식장으로 들어가는 문 옆에 섰다.

「어떡하지?」

그녀가 묻자 남편은 잠깐 생각하다가 대답했다.

「그냥 돌아가는 게 좋겠어.」

「이미 와서 얼굴도 봐버렸는데 그건 괜찮은 거야?」

「아직은 우리만 알고 나머지는 모르니까. 계속 모르게 하면 돼.」

「이 사람들한테 안 좋은 일이 생기면?」

「그러더라도 우리 잘못은 아니지. 그건 말 그대로 미신이니까. 무슨 일이 생기든 우리와는 상관없는 거야.」

「우리?」

그녀는 자신도 모르게 중얼거렸다.

식장 입구가 소란스러워졌다. 신랑이 상기된 얼굴로 문 앞에 서서 입장을 준비했다. 그녀와 남편은 신랑 옆에서 스마트폰으로 사진을 찍는 사람들 뒤로 빠졌다. 식장 안에서 사회자가 신랑을 소개했고 박수 소리가 터져 나왔다. 가자. 남편이 그녀를 잡아끌었다. 그들은 좁고 빠른 보폭으로 홀을 가로질렀다. 엘리베이터를 기다리는 동안 뒤에서 웅장한 피아노 선율과 환호성 소리가 들렸다. 유아차를 데리고 탄 대가족 틈에 끼어 내려갈 때도. 주차장에서 걸을 때 자신의 구두 소리가 날카롭게 울려서 그녀는 새삼 놀랐다. 차에 탄 그들이 문을 닫고 벨트를 매자 아무 일도 없었던 것처럼 적막이 내려앉았다.

*

이건 내 탓은 아니야. 그녀는 말할 수 있었다. 이 년 전에도 그랬다. 후임이 작업한 서류의 실수를 뒤처리하느라 주말에도 잔업을 해야 했다. 그날 역시 연극을 예매해 뒀던 남편은 극장에서 조금 떨어진 카페로 그녀를 데려갔다. 그는 주말마다 각종 공연이나 낭독회 혹은 전시회를 찾아다녔다. 그런 게 충청도의 소도시에서 일하는 대가라는 듯이.

카페에는 혼자 공부하는 학생들이 많았고 둘이서 온 사람들도 할 일을 하다 간혹 몇 마디를 나누었다. 남편은 휴대폰 게임을 하고 있었고, 그녀는 집중해서 세 시간 만에 일을 마쳤다. 파일을 저장한 뒤 화장실에 가다가 돌아보면서 말했다. 테이블 작으니까 커피 조심해.

커피는 그대로 놓여 있었다. 남편은 자리에 없었고 노트북은 바닥에 떨어진 채였다. 그녀는 주위를 둘러보다가 노트북을 들었다. 화면이 먹통이었다. 왜 그래? 돌아온 남편이 물었다. 어디 갔었어? 그녀가 묻자 그는 휴대폰을 들어 보였다. 전화가 와서. 여긴 너무 조용하잖아. 그녀는 주위를 둘러보았다. 사람들은 각자 노트북과 태블릿, 두꺼운 책을 보거나 뭔가를 적고 있었다. 주위에 어떤 일이 일어나도 상관없는 것처럼.

그녀는 카운터에 가서 CCTV를 보고 싶다고 말했다. 경찰관을 데려오셔야 보실 수 있어요. 매니저가 사무적으로 대답했다. 공연 시간까지는 이십 분이 남아 있었다. 이 사람들한테라도 물어보자. 그녀는 짐을 챙기는 남편에게 말했다. 뭐라고 물어보게? 그가 주저하며 물었다. 그녀는 옆 테이블의 사람들에게 말을 걸었다. 돌아보니 남편은 여전히 그 자리에 서 있었다.

어떻게 그럴 수가 있어? 나중에 그는 이해가 가지 않는다는 듯이 말했다. 남의 노트북을 떨어뜨려 놓고 그냥 가는 게 말이 되냐고. 연극을 보고 집에 가는 길에도 그 이야기를 꺼냈다. 다음 날 수리 센터에 갔다가 새 노트북을 사러 갈 때도. 다시 생각하니까 진짜 괘씸하네. 안 그래? 그는 그렇게 말했다.

그 뒤로 이 년이 지나는 동안 후임은 연봉을 올려 이직했고 그녀는 과장을 달았다. 카페는 편의점으로 바뀌었다. 남편도, 후임도, 카페의 매니저나 주변에 있던 사람들도 그 일을 기억하지 못할 것이다. 지금 그녀는 그때를 떠올리고 있었다. 그가 모르는 사람처럼 보였던 그 순간.

우리가 없어진 걸 금방 알 텐데. 전화 오면 뭐라고

할까? 주차장을 빠져나가면서 남편이 물었다. 몸이 아프다고 해. 당신이? 아니, 당신이 아프다고 해야 둘 다 간 게 납득되지. 나는 당신 일행일 뿐이니까. 그게 크게 상관 있나? 그럼. 이런 대화를 나누고 한 블록을 더 지날 때까지도 휴대폰은 울리지 않았다. 그녀는 다른 생각이 들었다. 아무에게서도 전화가 오지 않을 수도 있나.

남편은 기어 변속기에 놓아 둔 휴대폰을 자주 내려 다봤다. 그러다 어느 순간 급브레이크를 밟았다. 그 러지 않았더라면 옆 차선에서 끼어들던 소형차에 부 딪혔을 것이다. 뒤차들이 차례로 멈추는 소리와 클랙 슨 소리가 따라붙었다. 소형차도 멈추었다가 끼어들 어 앞서갔다. 그녀는 남편을 보면서 안전벨트를 붙잡 았다.

「무슨 운전을 저렇게 하냐.」

남편이 헛기침을 했다. 이후 아파트에 도착할 때까 지 그는 휴대폰 대신 그녀를 힐끔거렸다. 친구들이 그를 찾지 않는다는 건 더 이상 중요하지 않은 것 같 았다. 차를 주차한 뒤 남편은 몇 걸음 뒤에서 그녀를 따라왔다. 그녀는 아파트 입구에 먼저 들어가 그가 들어올 때까지 자동 유리문이 닫히지 않도록 서 있었다.

한 시밖에 되지 않았는데 저녁처럼 피곤했다. 그녀는 화장을 지우고 편한 옷으로 갈아입은 뒤 소파에 누웠다. 남편은 조용히 그녀를 지나쳐 부엌으로 가서 냉장고를 뒤적였다. 욕실을 청소하고 나와서 파자마 밑단이 젖은 채였다. 그녀는 그의 뒷모습을 바라보고 있다가 일어나 앉았다. 초밥이나 시켜 먹을까? 그래. 그녀가 스마트폰의 배달 앱을 켜서 초밥을 주문하고 있을 때 남편이 다가와 옆에 앉았다.

「당신 정말 몰랐어?」

「뭘?」

「그럴 땐 남의 경사에 가는 게 아니라는 거.」

「나도 그땐 생각 못 했어.」

「그러면 당신도 잘못한 거네.」

「글쎄. 그런가.」

그녀의 스마트폰 화면에 주문이 접수되었다는 창이 떴다. 정말 그녀가 남편과 똑같이 잘못한 걸까? 죽은 사람을 본 것은 그녀가 아니었는데. 그 결혼식의 신랑도 그녀가 아닌 남편의 친구였다. 생각은 당신이 했어야지. 그녀는 그렇게 말하고 싶었다. 이 년 전에 당신이 노트북을 지켜봤어야지, 라고 말하려 했던 것처럼. 정작 그녀가 잔업을 하게 했던 후임에게는 아무 말도 하지 않았다. 후임은 그 주말에 그녀에게 무슨 일이 있었는지 이후로도 영영 몰랐다.

이제는 다 끝났어. 그녀는 스스로 되뇌었다. 오늘 하루는 이 집에서 푹 쉴 거고 내일이면 남편은 근무지로 돌아간다고.

그래도 어쩐지 꺼림칙한 기분이 떨어지지 않았다. 남편도 마찬가지인 것 같았다. 호텔 코스 요리 대신 동네 가게 초밥이라니, 하는 표정으로 초밥이 든 봉투를 가져왔다. 그들은 식탁에 마주 앉아 플라스틱 팩을 열었다. 와사비의 매운 향과 초밥 특유의 비린 냄새가 퍼졌다. 그녀는 두 점을 먹고 젓가락을 내려놓았다. 남편은 엄지와 검지로 세 번째 초밥을 집어 들었다.

「손으로 집어 먹지 마. 젓가락 있잖아.」

그는 그녀가 건넨 젓가락을 받아서 만지작거렸다. 그러다 불쑥 물었다.

「당신 원래 글쎄라는 말을 자주 썼나?」

「뭐?」

「어제부터 내가 무슨 말을 하면 글쎄, 라고 하고 있어. 오늘도 그렇고.」

「그랬나? 뭐 나쁜 말은 아니잖아.」

「왠지 기분이 별로야.」

「말을 조심스럽게 하려는 건데. 조심스러워하는 게 별로야?」

「아니, 나를 믿지 못하는 것 같아서.」

「그런 거 아니야.」

그녀는 초밥 팩의 뚜껑을 닫았다. 와사비 때문에 코가 매웠다. 남편도 입을 닦고 물을 마셨다.

「내가 정말 그렇게 잘못한 거야?」

그가 젓가락을 내려다보면서 중얼거렸다.

「내가 어떻게 했어야 해? 어떻게 하면 더 나았을까?」

「당신이 아주 잘못한 건 아닐 거야.」

그녀는 얼떨결에 말했다. 그리고 후회했다. 그렇게 말하지 말걸.

「오늘따라 별로네.」

먼저 일어선 남편이 초밥 팩을 냉장고 안에 넣었다. 그들은 한 달에 한 번씩은 이 초밥을 시켜 먹었다. 정말 맛이 달라진 걸까. 남편은 안방에 들어갔고 그녀는 식탁에 앉아 생각했다. 당장 이 주 전까지만 해도 바로 이 식탁에서 맛있게 먹었는데. 그때 무슨 얘기를 했더라. 그들은 뭔가를 고민하다가 서로의 눈을 마주 보곤 했다. 다음 주말이면 다 괜찮아질까?

*

「이걸 찾았어.」

소파에 모로 누워 잠든 그녀의 어깨에 남편이 손을 얹으며 말했다. 그녀는 부스스하게 일어나 눈을 감았다 떴다.

「가방 안주머니에 있더라고.」

뮤지컬 티켓이었다.

「지갑에 넣어 놨다며.」

「아니었나 봐. 다행이지. 지금 준비하고 가서 근처에서 뭘 먹으면 시간이 딱 맞을 거야.」

「그걸 보러 가자고?」

「봐야지. 티켓이 있는데.」

그녀는 눈을 비볐다. 아직 잠이 덜 깬 건지는 몰라도 그 뮤지컬을 보러 가고 싶지 않았다. 무려 두 배의 값을 주고 어렵게 산 티켓인데. 지갑은 잃어버렸지만 티켓은 잃어버리지 않은 것만으로 기뻐해야 할 텐데. 그녀는 팔을 쓰다듬으면서 말했다.

「몸이 좀 안 좋은 것 같아.」

「그래? 가는 길에 약 사 먹을래? 감기 때문에 이걸 안 볼 수는 없잖아.」

「궁금했던 게 있는데.」

그녀는 머뭇거리다 입을 열었다.

「결혼식장에서는 왜 나가자고 한 거야? 어차피 아무도 모르니까 괜찮다면서.」

「그건 또 왜? 꼭 지금 얘기해야 해?」

남편이 시계를 보면서 되물었다. 그녀는 금방 대답하지 못했다. 그는 고개를 갸웃하더니 안방으로 걸어갔다. 혹시라도 그 부부에게 불운이 끼칠까 봐, 혹은 어젯밤의 그 사람이 아직 마음에 걸려서. 그는 그렇게 대답할 수도 있었다. 나중에 다시 물어본다면 말이다. 안방에서 옷장을 뒤적거리는 소리가 들렸고 그녀는 습관처럼 스마트폰의 나무 심는 앱을 켰다. 메인에 어제 완성된 나무 그림과 그녀가 선택한 지역명이 떴다. 캄보디아의 캄퐁 스페우. 맨발로 물을 긷는 아이들의 학교 옆에 숲이 조성될 것이다. 그녀의 머릿속에서는 그런 일이 벌써 절반 이상 일어나고 있었다.

*

    그들은 오전에 입었던 옷을 그대로 입은 채 현관을 나섰다. 그녀는 결혼식에 갈 때 신은 구두보다 굽이 낮은 구두를 신었는데 집을 나서자 아파트 복도에 또 각거리는 소리가 선명하게 울렸다. 조수석에 올라타 안전벨트를 매면서 시계를 보았다. 세 시 삼십 분. 그들은 불과 다섯 시간 전에 나란히 앉아 사과를 깎아 먹으면서 텔레비전을 보고 있었다. 그녀는 순간 한기를 느껴 팔을 감싸 안았다. 얼굴에 모자이크 처리가 된 사람이 옆사람을 피해 몸을 뒤로 젖히는 CCTV를 보기 전으로는 돌아갈 수 없게 된 것 같았다.

    어디로 갈까? 얼마나 먼 곳으로 갈까? 그들이 이 주전 주말에 초밥 두 팩을 모두 비우면서 했던 이야기는 여행지에 관한 것이었다. 당신이 결정해. 남편은 초밥을 집었던 손을 닦으며 선택권을 넘겼다. 따뜻한 방콕. 혹은 한겨울의 블라디보스토크. 전혀 다른 두 도시를 놓고 그녀는 오랫동안 생각했다.

    「약국 앞에 세워 줘.」

    상가 쪽을 지나기 전에 그녀가 말했다.

    「진짜 아픈 거야?」

남편이 차를 세우며 물었다. 그녀는 약국에서 감기약과 생수를 사 왔다. 약 봉투를 뜯는 그녀를 그가 흘끔거렸다. 약을 삼킨 뒤 나머지 약을 글로브 박스에 넣다가 그녀는 문득 물었다.

「그런데 지갑에는 뭐가 있었어?」

「주민 등록증이랑 신용 카드, 오티피 카드, 그런 거.」

「어디까지 갖고 있었는데?」

「터미널까진 있었어. 거기서 커피를 샀거든. 아, 그건 스마트폰으로 결제했나. 회사에 놔두고 왔나?」

「그런 거면 진짜 웃기는 거지.」

「뭐가 웃겨, 다행이지. 재발급받아야 하는 게 얼마나 많은데.」

그녀는 창틀에 머리를 기대고 어젯밤의 남편을 기억했다. 이 뮤지컬을 무사히 보고 월요일에 지갑까지 찾는다면 아무 일도 일어나지 않은 상태를 돌려받는 거였다. 주민 등록증과 신용 카드를 재발급받지 않아도 되는, 아무런 피해를 받지 않은 상태.

「그래, 지갑을 찾으면 정말 좋겠다.」

그렇게 말한 뒤 그녀는 남편이 회사에서 지갑을 찾지 못하는 모습을 상상했다. 동료들의 원성을 들으며 사무실 전체를 뒤지고 CCTV까지 확인한 끝에 점심 시간에 주민 센터와 은행을 찾아가는 남편. 그녀는 몸이 더 가라앉는 것을 느꼈다. 남편이 그녀에게 괜찮으냐고 물었다. 그녀는 괜찮다고, 이 약이 잘 듣는 것 같다고 옆사람에게 말했다.

마음이 원한 것

황예인(문학평론가)

1. 어떤 신호

속이 복잡한 날엔 설거지에 집중한다. 그릇들이 서로 부딪치는 소리가 좋고, 세제 거품에서 피어오르는 깨끗한 향에 마음이 편안해진다. 뜨거운 물로 그릇을 헹굴 즈음, 기분은 어느새 말끔해진 듯하다. 본래의 말간 얼굴을 되찾은 그릇들을 제자리로 옮기는데, 거짓말처럼 손에 힘이 빠지며 떨어지는 컵 하나.

마음은 도로 쉽게 어수선해진다. 바닥에 웅크리고 앉아 깨진 조각들을 주우며 생각한다. 물줄기에 내 마음속 찌꺼기도 함께 씻겨 내려간 게 아니었나? 마음이란 참 쉽지가 않네, 울적하게 깨달으며, 나도 모르게 컵에 딸린 기억과 감정을 따라간다. 이윽고 찾아오는 이상한 쾌감.

컵이 산산이 부서져 내 곁에서 완전히 사라져 버림과 동시에, 오래 묶여 있던 기억과 감정으로부터 풀려나 해방된 듯한 기분. 나는 이 컵이 깨진 것이 기쁘다. 어쩌면 나는 이 컵이 깨지길 바랐던 걸지도 모른다.

이런 경험을 혹시 당신도 알고 있을까? 물건이 망가지거나 사라지는 일, 누구도 원하지 않을 이 작은 사건들이 실은 어떤 신호처럼 작동한다는 것을. 그렇다면 고수경의 소설이 더없이 반가울 것 같다.

2. 가방 이야기

대학 친구 은희를 만나러 방콕에 온 지영은, 그의 집 앞에 도착하고 나서야 캐리어가 바뀌었음을 알아차린다. (「분실」) 깜짝 놀라 당장 찾는 일부터 서두를 법한데, 지영은 이 년 만에 본 친구의 얼굴과 그의 집 안을 살피는 데 더 관심이 큰 것 같다. 공항에 연락해 캐리어를 잘못 가져간 사람의 연락처를 받아 내고, 은희로부터 그가 이제 막 고등학교를 졸업한 남자아이라는 사실을 전해 듣는 내내, 지영은 이상하리만치 담담해 보인다. 마치 가방을 찾지 않아도 문제가 없다는 듯이.

우리는 그 안에 테니스공이 들었다는 사실을 안다. 즉, 지영은 대학 시절 은희에게 품었던 복잡한 감정과, 기억 저편으로 넘기지 못하고 자꾸 되짚던 과거를 품고 그의 앞에 나타난 것이다. 선배의 권유로 테니스 동아리에 가입한 은희와 함께, 테니스를 좋아하지도 않으면서 동아리 활동을 한 지영. 어느 밤, 은희가 그 선배와 단둘이 있는 모습을 보고는 마치 주의라도 주듯 둘 앞에 나타난 지영. 선배에게 청첩장을 받는 자리, 그와 함께 있는 은희를 보고는 더 이상 참을 수 없다는 듯 〈너 그렇게 외롭니?〉 쏘아붙이던 지영……

이렇듯 지영이 은희에게 유난히 예민하게 굴 때마다, 마치 변명처럼 선배에게는 여자 친구가 있다는 사실이 따라붙지만, 우리는 은희를 향한 지영의 숨겨진 감정을 충분히 눈치챌 수 있다. 지영은 이 감정이 새어 나오지 않도록 눌러 두었을 테고, 때문에 그 정체를 제대로 마주하지도 못했을 것이다. 아마 그랬기에 은희 앞의 지영은 대개 〈뚱한 윤지영〉의 모습이지 않았을까.

그런데 나에게 이 소설의 놀라운 지점은 잃어버린 가방을 통해 누설되는 비밀스러운 감정의 정체가 아니라, 그 후 이어지는 산뜻한 방향 전환에 있었다. 지영은 가방이 바뀌었음에도 초조해지지 않았던 이유를 알아챈다. 그는 가방 속의 공을 잃어버리고 싶었던 것이다(《은희의 공을 지영은 잃어버리고 싶었는지도 모른다》). 그 공을 가지고 있는 한, 은희와의 과거는 계속해서 현재로 끌려왔을 테니까. 하지만 이제는 그 공을 내려놓을 때가 되었다. 이렇듯 오래 묻어 둔 마음에 도달하자, 비로소 그에겐 새로운 문이 열린다.

가방을 찾기 위해 떠난 치앙마이, 지난밤 빨아 둔 옷은 아직 눅눅한데 때마침 남자아이로부터 문자가 도착한다. 〈필요한 거 있으면 제 캐리어에서 꺼내 쓰세요! 비밀번호 1234예요. 사이즈 맞으면 옷도 입으셔도 돼요.〉 스물아홉 살의 지영은 〈이제 고등학교 졸업한 애〉의 옷을 입는다. 〈옷을 갈아입자 훨씬 **숨통이 트였**〉고, 〈이제야 제 옷을 입은 것 같은 이상한 기분〉(강조 인용자)이 든다. 마침내 지영은 구 년 만에 〈제 옷〉을 찾는다. 스무 살의 지영이 입어야 했을, 감추고 조이지 않는 넉넉한 옷을.

이제 지영은 자신이 어디로 가야 하는지 안다. 지금 치앙마이는 새로운 농사를 준비하기 위해 밭을 태우는 시기. 지영은 그 불이 타오르는 광경을 보러 간다. 지영은 남자아이를 만나 가방을 되찾은 뒤, 테니스공과 함께 그동안 하지 못한 말을 은희에게 건네는 길을 갈 수도 있었다. 하지만 작가는 지영이 가방을 잃어버리게 두고, 그 대신 〈제 옷〉을 찾아 입게 하며, 그를 시작의 불이 타오르는 곳으로 향하게 한다.

그러니까 분실은 곧 신호였으리라. 되풀이해 떠올리던 기억과 감정을 내려놓을 때가 왔음을, 이제는 더 이상 그것을 품고 있을 필요가 없음을 알려주는 신호. 그렇게 지영은 가방 대신, 그보다 더 중요한 〈제 옷〉을 찾는다. 이 가뿐한 전환이 선사하는 해방감이 더없이 상쾌한 작품이었다.

3. 방 이야기

잃어버린 게 아니라, 잃어버리고 싶었다는 깨달음. 그렇다면 열리지 않는 문도 하나의 신호일 수 있겠다. 들어가지 못하는 게 아니라, 어쩌면 들어가고 싶지 않았을지도 모른다고.

퇴근 후 길고양이의 집을 만들어 주러 잠시 밖으로 나온 〈나〉는 현관문이 열리지 않아 다시 들어갈 수가 없다. (「이웃들」) 복도에 우두커니 선 〈나〉를 수상히 여긴 이웃이 경찰을 부르고, 하필이면 집주인 부부가 해외여행 중이라 〈나〉의 얼굴을 모르는 집주인 아들이 대신 나타난다. 원룸 빌라에서 이웃 간의 교류가 얼마나 활발할 수 있었을까. (《원룸 살면서 누가 옆집이랑 안면 터놓고 살겠어요.》) 지금 이 순간, 〈내〉가 이곳에 살고 있다는 사실을 증명해 줄 사람은 하나도 없다.

그때 〈나〉의 머릿속에 한 세입자가 떠오른다. 이런 걸 〈교류〉라고 부르기는 힘들겠지만, 지난여름 〈나〉와 날마다 만나 함께 줄넘기를 했던 남자다. 물론 그는 이미 이사를 가버려 지금 도움을 줄 수는 없을 텐데, 어째선지 〈나〉는 그와의 기억을 낱낱이 헤아려 보기에 이른다.

곧 집주인 남자는 〈나〉에 대한 의심을 풀고, 도움을 주려 한다. 문을 열어 줄 마스터키를 찾지 못한 그는, 방범창을 뜯고 창문을 깨서 안으로 들어갈 수 있도록 만들어 준다. 이제 다시 집으로 들어온 〈나〉의 눈에 방안은 어쩐지 낯설게 보인다. 마치 〈남의 집에 몰래 들어온 것처럼〉.

더 이상 꽉 닫히지 못하는 허술한 창문은 〈나〉에겐 어떻게 보일까? 추위와 안전 문제에 민감해질 법도 한데, 〈나〉는 임시방편으로 택배 상자를 잘라 붙여 둔

창을 보며 〈이 집의 벽지와 비슷한 색깔〉이라고 덤덤하게 받아들일 뿐이다. 곧 〈나〉의 휴대폰으로 집주인 남자가 보내온 문자가 날아들고, 창문을 통해서는 바깥의 소리가 흘러 들어온다. 그 순간, 홀로 머물던 방 안이 묘한 활기로 북적이는 듯하다.

불을 끄고 침대에 누워 있으니 박스를 잘라 붙인 창문 너머로 바깥의 소리가 들려왔다. 고양이가 가냘프게 우는 소리. 빠르게 걷는 소리와 비닐봉지가 달랑거리며 패딩에 스치는 소리. 이제 술집에서 나온 듯한 사람들이 떠드는 소리.

문이 열리지 않은 덕분에, 〈나〉에게는 또 다른 문이 열리게 되었다. 그리고 그제야 주변과의 연결이 시작된다. 그러니 다시 처음으로 돌아가, 좀 더 힘주어 말해 볼 수 있을 것 같다. 문이 열리지 않은 게 아니라, 〈내〉가 문이 열리지 않기를 바랐던 것인지도 모른다고.

남자가 떠나며 버리고 간 줄넘기를 챙겨 둔 〈나〉의 속마음도 이제야 더 선명해진다. 그것은 여전히 남아 있는 어떤 감정의 흔적이다. 줄넘기로 시작된 남자와의 우연한 연결 앞에, 〈나〉는 귀찮고 성가신 것처럼 굴었지만, 실은 반갑고 설렜을 것이다. 남자의 이사 소식이 끝나가는 여름처럼 아쉬웠듯이.

「분실」이 선사한 상쾌한 해방감처럼, 이 작품 또한 열린 창을 통해 이루어지는 환기가 개운한 청량감을 선사한다. 아마도 고수경은 잘 모르고 지나친 오래된 마음, 그것이 꺼지지 않고 보내오는 신호, 이를 알아차렸을 때의 후련한 상태를 누구보다 잘 아는 작가 같다.

4. 실은 마음 이야기

눈치챘는지 모르겠지만, 나는 고수경의 소설을 빌려 나의 묵은 마음을, 그 마음이 내는 기척을 이해하고 싶었던 듯하다. 그건 그의 소설에 유독 읽는 이의 마음이 잘 비치기 때문일 것이다. 얼핏 담백해 보이는 작품들에는 틀림없이 의도하고 지워 낸 듯 분명한 여백이 있어서, 그 꽉 찬 빈자리를 헤아리다 보면 뒤늦게 강렬한 이야기였구나, 깨닫게 되곤 했다. 그러니까 뼈대는 몹시 분명한데 이를 감싼 살결은 투명해서 독자의 내면과 쉽게 공명할 수 있는 이야기였다.

나는 두 편의 작품에 특히 적극적으로 내 마음을 내주게 되었는데 당신이라면 어떨까? 남편의 지갑 분

262

실로, 단 한 번도 〈우리〉였던 적이 없다는 사실을 깨
달은 아내의 이야기 「옆사람」, 방문의 열쇠를 발견하
고 마침내 그 방에 들어가 편히 몸을 누이는 부부의
이야기 「다른 방」, 넣을 것이 마땅치 않아 처박아 두
었던 커다란 가방에 드디어 넣을 만한 무언가가 생긴
부부의 이야기 「아직 새를 몰라서」 등 사이가 저마다
다른 부부의 이야기에 자신을 비추어 보는 독자들도
있을 것이다. 혹은 안전하게 머물 공간을 찾아 집과
모텔과 동아리방을 오가는 소년을 뒤쫓는 교사의 이
야기 「새싹 보호법」, 학생의 집을 〈교실〉로 부르며 아
파트 속 무수한 교실들과 차 안을 오가는 학습지 교사
의 이야기 「좋은 교실」, 억지로 지은 미소와 마스크로
감춰진 표정 사이에 과연 차이가 있는 걸까 묻게 만드
는 한 감정 노동자의 이야기 「탈」에 자기 모습을 투영
하는 독자들도 있을 것이다.

무엇이 되었든, 고수경의 첫 소설집을 읽고 나면,
당신이 사는 방, 가지고 다니는 가방 같은 것들이 더
는 심상하게 보이지 않을 것이다. 이야기를 읽은 후
다시 나 자신에게로 돌아와 마음을 들여다보는 일,
그리하여 내 마음을 외면하지 않은 채 주변에서 일어
나는 사건들을 해석하는 일. 이것이 바로 소설이 우

리에게 열어 주는 가능성 중 하나가 아닐까. 고수경이 써낸 말간 이야기들과 함께 자신의 삶을 충만하게 만들 수 있기를 바란다.

작가의 말

    내가 왜 소설을 쓰는지 어느 날 문득 깨달았다.

    나는 여전히 사람을 모른다. 타인에게 때때로 서툴고 자주 무감하다. 사람과 사람 사이의 감정이나 인간관계의 복잡다단함은 나에게 영원한 배움의 영역이었다.

    그래도 나는 항상 사람이 궁금했다. 그 사람은 왜 그랬을까. 어떻게 그럴까. 무엇을 위해서 그랬을까. 생각하다 보면 그 사람도 사정이 있었을 거라고 짐작하게 되고, 그러면 또 그 사정을 알고 싶었다. 알 수 없다면 대신 만들어 보고 싶었다. 내 소설은 모두 내가 〈옆사람〉에 대해 공부하며 남긴 기록 일지와도 같다.

    나에게 옆사람은 옆 사람과는 다른 단어다. 정말로 옆에 있는 사람들, 옆에 있지 않아도 옆에 있는 것 같은 사람들, 이제는 영영 옆에 있을 수 없지만 옆에 있을 때를 종종 떠올리는 사람들, 그 모두가 나의 옆사람들이다. 그들 덕분에 사람을 더 배우고 사람에 대해 쓸 수 있었다.

이 여덟 편의 소설을 쓰는 동안 내 옆사람이 되어주었던 이들에게 무한한 고마움을 느낀다. 특히 조경란 선생님과 소란 문우들이 아니었다면 작가의 말 같은 글은 꿈에서도 쓸 수 없었을 것이다. 말로는 다할 수 없는 인사를 지면으로나마 전한다.

첫 번째 소설집을 펴내면서 나는 누군가에게 어떤 옆사람이었는지 돌이켜 본다. 나에게도 역시 타인에게 이해되지 않는 뒷모습이 있고 그 뒷모습을 나는 영영 알 수 없을 거로 생각하면 문득 막막해진다. 그러나 그만큼 뒤를 돌아보고, 또 옆을 보고, 그리고 또 앞을 보는 수밖에 없다. 그렇게 주위를 골똘히 들여다보는 수밖에.

긴 겨울이 끝나가고 있다. 이 페이지까지 읽어 준 분들, 그분들의 옆사람들까지 무사히 안녕하기를 진심으로 기원한다.

수록 작품 발표 지면

새싹보호법 2022년 4월 코로나19, 예술로 기록 사업 선정
다른 방 2023년『문장웹진』10월 호
이웃들 2023년『문장웹진』1월 호
아직 새를 몰라서 2020년『문장웹진』8월 호
좋은 교실 2020년『학산문학』봄 호
탈 2021년 2월 엽편 소설집『지금 가장 소중한 것은』수록
옆사람 2020년 1월『매일신문』신춘문예 단편 소설 부문 당선

옆사람

발행일 2025년 3월 20일 초판 1쇄

지은이 고수경
발행인 홍예빈
발행처 주식회사 열린책들

경기도 파주시 문발로 253 파주출판도시
전화 031-955-4000 팩스 031-955-4004
홈페이지 www.openbooks.co.kr 이메일 literature@openbooks.co.kr

Copyright (C) 고수경, 2025, *Printed in Korea.*
ISBN 978-89-329-2496-0 03810